H. G. Wells
Die Insel
des Dr. Moreau

H.G. WELLS

DIE INSEL DES DR. MOREAU

ROMAN

ZSOLNAY

Titel der Originalausgabe
The Island of Doctor Moreau

Aus dem Englischen von Felix Paul Greve

Umschlagentwurf und -gestaltung: Network, München
Druck und Bindung: Ebner Ulm
Printed in Germany 1993

CIP-Titelaufnahme der Deutschen Bibliothek
Wells, Herbert G.:
Die Insel des Dr. Moreau: Roman/H. G. Wells
Aus dem Englischen von Felix Paul Greve
Zsolnay, 1993
Einheitssacht.: The Island of Doctor Moreau ‹dt.›
ISBN 3-552-04507-4

DIE INSEL
DES DR. MOREAU

EINLEITUNG

Am 1. Februar 1887 ging die *Lady Vain* durch Kollision mit einem Wrack verloren, als sie sich etwa auf 1° südlicher Breite und 107° westlicher Länge befand.

Am 5. Januar 1888 — das heißt, elf Monate und vier Tage später — wurde mein Onkel Edward Prendick, ein Privatmann, der ganz bestimmt in Callao an Bord der *Lady Vain* gegangen war und für ertrunken gehalten wurde, unter 5° 3' südlicher Breite und 101° westlicher Länge in einem kleinen, offenen Boot aufgefischt, dessen Name unlesbar war, das aber vermutlich zu dem vermißten Schoner *Ipecacuanha* gehört hatte. Sein Bericht klang so seltsam, daß man ihn für wahnsinnig hielt. Später erklärte er, vom Moment des Verlassens der *Lady Vain* an könne er sich an nichts mehr erinnern. Sein Fall wurde damals als ein merkwürdiges Beispiel für Gedächtnisschwund infolge von physischer und geistiger Überanstrengung unter Psychologen viel besprochen. Die folgende Erzählung fand der Unterzeichnete, sein Neffe und Erbe, unter seinen Papieren; sie war jedoch von keiner definitiven Bitte um Veröffentlichung begleitet.

Die einzige Insel, von der man in der Gegend,

wo mein Onkel aufgefischt wurde, weiß, ist *Nobles Isle,* eine kleine unbewohnte vulkanische Insel. Sie wurde 1891 von *I. M. S. Scorpion* besucht. Eine Schar von Matrosen landete, fand aber nichts Lebendiges außer merkwürdigen weißen Nachtschmetterlingen, einigen Schweinen und Kaninchen und ein paar ziemlich eigentümlichen Ratten. Von diesen nahm man keine Exemplare mit. Also bleibt diese Erzählung in ihrem wesentlichsten Punkt unbestätigt. Dies vorausgeschickt, scheint es mir ungefährlich, diese unheimliche Geschichte im Einklang, wie ich glaube, mit den Absichten meines Onkels vor das Publikum zu bringen. Wenigstens das läßt sich für sie sagen: mein Onkel verschwand auf etwa 5° südlicher Breite und 105° westlicher Länge aus den Augen der Menschen, und er erschien nach elf Monaten in derselben Gegend des Ozeans wieder. Während der Zwischenzeit muß er auf irgendeine Weise gelebt haben. Und es hat sich herausgestellt, daß ein Schoner namens *Ipecacuanha* mit einem betrunkenen Kapitän John Davis tatsächlich im Januar 1887 mit einem Puma und anderen Tieren an Bord von Arica ausgelaufen ist: das Fahrzeug war in verschiedenen Häfen der Südsee wohlbekannt, und es verschwand (mit einer beträchtlichen Ladung Kopra an Bord) endgültig aus diesen Meeren, als es im Dezember 1887, einem Datum, das völlig zu meines Onkels Erzählung stimmt, von Banya aus seinem unbekannten Schicksal entgegensegelte.

Charles Edward Prendick

I

IM RETTUNGSBOOT DER *LADY VAIN*

Ich habe nicht die Absicht, dem, was bereits über den Verlust der *Lady Vain* geschrieben ist, noch etwas hinzuzufügen. Wie jedermann weiß, kollidierte sie zehn Tage nach ihrer Ausfahrt aus Callao mit einem Wrack. Das Langboot wurde nach achtzehn Tagen von I. M. Kanonenboot *Myrtle* mit sieben Mann von der Mannschaft aufgefischt, und die Geschichte ihrer Leiden und Entbehrungen ist fast ebenso bekannt geworden wie der weit schrecklichere Fall der *Medusa*. Ich habe jedoch jetzt der bereits veröffentlichten Geschichte der *Lady Vain* eine andere, ebenso grauenhafte und jedenfalls viel merkwürdigere hinzuzufügen. Man hat bisher angenommen, die vier Leute, die in dem Rettungsboot waren, seien umgekommen. Aber das ist nicht richtig. Ich habe den besten Beweis für diese Behauptung: Ich bin einer von den vier Leuten.

Aber zunächst muß ich feststellen, daß im Rettungsboot niemals vier Leute gewesen sind; die Zahl betrug drei. Constans, den „der Kapitän in die Gig springen sah“ (*Daily News*, 17. März

1887), erreichte uns zu unserem Glück, zu seinem Unglück nicht. Er sprang aus dem Gewirr von Tauen unter den Streben des zerschmetterten Bugspriets heraus; ein kleines Tau faßte seinen Absatz, als er lossprang, und er hing einen Augenblick mit dem Kopf nach unten, dann fiel er und schlug auf einen Block oder Balken, der im Wasser schwamm. Wir ruderten zu ihm, aber er kam nicht wieder an die Oberfläche.

Ich sage, zum Glück für uns erreichte er uns nicht, und ich könnte beinahe hinzufügen, zum Glück für ihn, denn wir hatten nur ein kleines Faß Wasser und etwas naßgewordenen Schiffszwieback bei uns — so plötzlich war der Alarm gewesen, so unvorbereitet das Schiff auf jeden Unglücksfall. Wir meinten, die Leute im Langboot seien besser versehen (freilich scheint das nicht der Fall gewesen zu sein), und wir versuchten, sie zu rufen. Sie hatten uns nicht hören können, und als sich am anderen Tage der Sprühnebel aufklärte — was erst nach Mittag geschah —, war nichts mehr von ihnen zu sehen. Wir konnten wegen des Schaukelns des Bootes nicht aufstehen, um uns umzublicken. Die See lief in großen Rollwogen, und wir hatten viel Arbeit, um ihnen die Spitze des Boots entgegenzuhalten. Die zwei anderen Leute, die sich mit mir zusammen gerettet hatten, waren ein Mann namens Helmar, wie ich ein Passagier, und ein Matrose, dessen Namen ich nicht mehr weiß, ein kurzer, stämmiger Mann, der stotterte.

Wir trieben hungernd und, nachdem uns das Wasser ausgegangen war, von einem unerträglichen Durst gequält, acht Tage lang umher. Nach dem zweiten Tage legte sich die See zu glasiger Ruhe. Der Leser kann sich diese acht Tage wohl kaum vorstellen. Nach dem ersten Tage sprachen wir nur noch wenig miteinander; wir lagen auf unseren Plätzen im Boot und starrten auf den Horizont oder beobachteten mit Augen, die von Tag zu Tag weiter und hohler wurden, das Elend und die Schwäche, die unsere Gefährten überwältigten. Die Sonne wurde erbarmungslos. Das Wasser war am vierten Tag zu Ende, und wir dachten schon unheimliche Dinge; aber ich glaube, erst am sechsten gab Helmar dem Ausdruck, woran wir alle drei dachten. Unsere Stimmen waren so trocken und dünn, daß wir uns zueinander hinneigten und mit den Worten sparsam umgingen. Ich widersetzte mich mit aller Macht, wollte lieber, wir bohrten das Boot an und kämen zusammen unter den Haien um, die uns folgten; aber als Helmar sagte, wenn man seinem Vorschlag folge, hätten wir zu trinken, schloß der Matrose sich ihm an.

Ich wollte aber kein Los ziehen, und nachts flüsterte der Matrose immer wieder mit Helmar, und ich saß im Bug, mein Klappmesser in der Hand — freilich zweifle ich, ob ich das Zeug zum Kampf in mir hatte. Und am Morgen stimmte ich Helmars Vorschlag zu und wir warfen einen Groschen, um den Überzähligen zu finden.

Das Los fiel auf den Matrosen, aber er war der Stärkste von uns und wollte sich nicht fügen; er griff Helmar an. Sie rangen miteinander und standen dabei auf. Ich kroch durchs Boot zu ihnen hin und wollte Helmar helfen, indem ich den Matrosen am Bein packte; aber der Matrose stolperte, weil das Boot so schwankte, und die beiden fielen auf den Rand und rollten zusammen über Bord. Sie sanken wie die Steine. Ich erinnere mich, daß ich darüber lachte und mich wunderte, warum ich lachte. Das Lachen packte mich wie etwas, das gar nicht zu mir gehörte, sondern von außen kam.

Ich lag, ich weiß nicht wie lange, auf einer der Ruderbänke und dachte, wenn ich nur die Kraft hätte, wollte ich Meerwasser trinken und mich wahnsinnig machen, um schnell zu sterben. Und während ich noch so dalag, sah ich ein Segel über den Horizont zu mir heraufkommen, aber ich betrachtete es völlig unbeteiligt, als handle es sich um ein Bild. Mein Geist muß gewandert sein, und doch besinne ich mich ganz deutlich auf alles, was geschah. Ich erinnere mich, wie mein Kopf mit den Wellen schwankte, und wie der Horizont mit dem Segel darüber auf und nieder tanzte. Aber ich entsinne mich nicht minder deutlich, daß ich überzeugt war, ich sei tot, und daß ich dachte, welch ein Scherz es sei, daß diese Leute, die nur um so wenig zu spät kamen, mich nicht mehr lebendig vorfinden würden.

Eine endlose Zeit, so schien es mir, lag ich

mit meinem Kopf auf der Ruderbank und beobachtete den tanzenden Schoner — es war ein kleines Schiff, vorn und hinten wie ein Schoner getakelt —, der aus dem Meer heraufkam. Er lavierte in immer weiteren Bogen hin und her, denn er segelte tot in den Wind. Es fiel mir keinen Augenblick ein, den Versuch zu machen und die Aufmerksamkeit auf mich zu lenken, und ich erinnere mich an nichts mehr deutlich, bis ich mich in einer kleinen Kabine wiederfand. Ich habe eine dunkle Erinnerung, daß ich das Fallreep hinaufgehoben wurde und ein großes, rotes Gesicht sah, das mit Sommersprossen bedeckt und von rotem Haar umgeben war und mich über die Reling her anstarrte. Ich hatte auch den Gezusammenhanglosen Eindruck, ein dunkles Gesicht mit merkwürdigen Augen zu erkennen, die mir ganz nahe waren; aber das hielt ich für einen Alp, bis ich es wiedersah. Ich entsinne mich ferner, daß mir irgend etwas zwischen die Zähne gegossen wurde. Und das ist alles.

2

DER MANN, DER NIRGENDS HINGING

Die Kabine, in der ich mich befand, war klein und ziemlich unsauber. Ein noch junger Mann mit Flachshaar, einem borstigen, strohfarbenen Schnurrbart und hängender Unterlippe saß bei mir und hielt mein Handgelenk. Eine Minute lang blickten wir einander an, ohne zu sprechen. Er hatte wäßrige, graue, merkwürdig ausdruckslose Augen.

Dann hörte ich gerade über uns ein Geräusch, wie wenn eine eiserne Bettstelle umhergeworfen wird, und dann das leise, wütende Knurren eines großen Tieres. Zugleich sprach der Mann wieder.

Er wiederholte seine Frage: „Wie fühlen Sie sich?“

Ich glaube, ich sagte, daß ich mich ganz wohl fühlte. Ich konnte mich nicht besinnen, wie ich hierhergekommen war. Er muß mir die Frage vom Gesicht abgelesen haben, denn ich selbst brachte kein Wort hervor.

„Sie wurden in einem Boot gefunden — am Verhungern. Auf dem Boot stand der Name *Lady Vain,* und auf dem Bordrand waren Blutflecken.“ Zu gleicher Zeit fiel mein Blick auf meine Hand:

Sie war so dünn, daß sie wie ein schmutziger Hautsack voll loser Knochen aussah, und die ganze Sache mit dem Boot fiel mir wieder ein.

„Nehmen Sie etwas hiervon“, sagte er und gab mir eine Dosis von einem gefrorenen roten Zeug.

Es schmeckte wie Blut, aber es schien mich zu stärken.

„Sie haben Glück gehabt“, sagte er, „daß Sie von einem Schiff mit einem Arzt an Bord aufgefischt wurden.“ Er sprach mit sabbernder Artikulation und einer Spur von Lispeln.

„Was für ein Schiff ist dies?“ fragte ich langsam, von meinem langen Schweigen heiser.

„Es ist ein kleiner Kauffahrer von Arica und Callao. Ich habe nicht gefragt, woher er ursprünglich gekommen ist. Aus dem Land der Narren, vermutlich. Ich selber bin Passagier von Arica. Der alberne Esel, dem es gehört — er ist zugleich Kapitän, heißt Davis —, hat sein Patent verloren oder sowas. Sie kennen die Art Mann — nennt das Ding die *Ipecacuanha*. Freilich, wenn viel See ist und kein Wind, da läuft es ganz ordentlich.“

Da begann oben der Lärm von neuem: ein knurrendes Brummen und zugleich die Stimme eines menschlichen Wesens. Dann sagte eine andere Stimme einem „gottverlassenen Idioten“, er solle aufhören.

„Sie waren fast tot“, sagte mein Gegenüber. „Es hing wirklich an einem Haar. Aber ich habe Ihnen einiges Zeug eingegeben. Sehen Sie die

Armwunden? Injektionen. Sie sind seit fast dreißig Stunden ohnmächtig gewesen."

Ich dachte langsam. Jetzt lenkte mich das Bellen einer Anzahl Hunde ab. „Kann ich feste Nahrung zu mir nehmen?" fragte ich.

„Und mir haben Sie's zu danken", sagte er. „Das Hammelfleisch kocht schon."

„Ja", sagte ich mit Zuversicht, „ich könnte ein wenig Hammelfleisch essen."

„Aber", sagte er mit momentanem Zögern, „wissen Sie, ich möchte um mein Leben gern erfahren, wie es kam, daß Sie allein in dem Boot waren." Ich glaubte in seinen Augen einen gewissen Verdacht zu entdecken.

„Verdammtes Heulen!"

Er verließ die Kabine plötzlich, und ich hörte ihn heftig mit jemandem schelten, der ihm in Rotwelsch zu antworten schien. Es klang, als endete die Sache mit Schlägen, aber darin, glaube ich, täuschten meine Ohren sich. Dann rief er den Hunden zu und kam in die Kabine zurück.

„Nun?" fragte er in der Tür. „Sie wollten gerade anfangen, mir zu erzählen."

Ich nannte ihm meinen Namen, Edward Prendick, und sagte ihm, wie ich mich auf die Naturwissenschaft verlegt hatte, um die Langeweile meiner behaglichen Unabhängigkeit loszuwerden. Das schien ihn zu interessieren. „Ich habe selber ein wenig Naturwissenschaft getrieben — habe meine Biologie auf der Universität gemacht — dem Regenwurm den Eierstock rausgeholt und der Schnecke die Radula und all das. Himmel! Es sind zehn Jahre her. Aber fahren Sie fort, fahren Sie fort — erzählen Sie mir von dem Boot."

Er war offenbar bezüglich der Aufrichtigkeit meiner Erzählung befriedigt, obgleich ich in ziemlich knappen Sätzen berichtete — denn ich fühlte mich furchtbar schwach —, und als sie zu Ende war, kam er sofort auf das Thema der Naturwissenschaft und seine eigenen biologischen Studien zurück. Er begann mich genau nach der Tottenham Court Road und der Gower Street zu befragen. „Existiert Cablatzi noch? Was für ein Laden das war!" Er war offenbar ein sehr durchschnittlicher Student der Medizin gewesen, und unaufhaltsam steuerte er das Thema Vergnügungslokale an. Er erzählte mir ein paar Anekdoten. „Alles aufgegeben", sagte er. „Vor zehn Jahren. Wie ulkig alles war! Aber ich habe einen Esel aus mir gemacht... Hab' mich rausgespielt, eh' ich einundzwanzig war. Ich kann mir denken, jetzt ist alles anders... Aber ich muß mal nach dem Esel von Koch sehen, was er mit Ihrem Hammelfleisch macht!"

Das Knurren oben begann so plötzlich und mit so wilder Wut von neuem, daß es mich erschreckte. „Was ist das?" rief ich ihm nach, aber die Tür hatte sich geschlossen. Er kam mit dem gekochten Hammelfleisch zurück, und ich war von dem appetitlichen Duft so erregt, daß ich den Lärm des Tieres bald vergaß.

Nach einem Tag abwechselnden Schlafens und Essens war ich so weit erholt, daß ich aus meiner Koje steigen, an das Ochsenauge treten und die grünen Wellen sehen konnte, die mit uns Schritt zu halten versuchten. Montgomery — so hieß der flachshaarige Mann — kam wieder herein, als ich dort stand, und ich bat ihn um Kleider. Er lieh mir ein paar Segeltuchsachen von sich, denn die, die ich im Boot getragen hatte, sagte er, waren über Bord geworfen worden. Sie saßen mir ziemlich lose, denn er war breit und langgliedrig.

Er sagte mir gelegentlich, der Kapitän läge dreiviertel betrunken in seiner Kabine. Als ich die Kleider annahm, begann ich ihn über das Ziel des Schiffes zu befragen. Er sagte, das Schiff solle nach Hawaii fahren, aber es habe ihn erst zu landen.

„Wo?" fragte ich.

„Auf einer Insel... Ich lebe da. Soweit ich weiß, hat sie keinen Namen."

Er starrte mich mit hängender Unterlippe an und sah plötzlich so eigensinnig und borniert aus, daß mir schien, er wolle meinen Fragen ausweichen. Ich war so diskret und fragte nicht weiter.

3

DAS UNHEIMLICHE GESICHT

Wir verließen die Kabine. An der Kajütstreppe stießen wir auf einen Mann, der uns den Weg versperrte. Er stand, den Rücken gegen uns gekehrt, auf der Schiffsleiter und spähte über die Scherstöcke der Luke. Es war ein mißgestalteter, kurzer, breiter, plumper Kerl mit einem Buckel, behaartem Nacken und zwischen die Schultern gesunkenem Kopf. Er war in dunkelblaue Serge gekleidet und hatte merkwürdig dickes, grobes, schwarzes Haar. Ich hörte die unsichtbaren Hunde wütend knurren, und alsbald duckte er sich zurück und stieß gegen die Hand, die ich ausgestreckt hatte, um ihn abzuwehren. Er drehte sich mit tierischer Behendigkeit um.

Auf irgendeine unbestimmte Weise widerte mich dieses Gesicht zutiefst an. Es war seltsam entstellt, sprang vor und erinnerte dunkel an eine Schnauze; der große, halboffene Mund zeigte so starke weiße Zähne, wie ich sie noch nie in einem menschlichen Munde gesehen hatte. Die Augen waren an den Rändern blutunterlaufen, und kaum ein Streif Weiß blieb um die nußbraunen Pupillen. Eine seltsame Glut und

Aufregung spiegelte sich in diesem Gesicht.

„Zum Henker!“ sagte Montgomery. „Warum gehst du nicht aus dem Wege?“ Der Mann mit dem schwarzen Gesicht sprang ohne ein Wort zur Seite.

Ich stieg weiter die Treppe hinauf und starrte ihn dabei instinktiv an. Montgomery blieb einen Moment am Fuß stehen. „Du weißt, du hast hier nichts zu suchen“, sagte er bedächtig. „Dein Platz ist vorn.“

Der Mann mit dem schwarzen Gesicht kauerte nieder. „Sie ... wollen mich vorn nicht haben.“ Er sprach langsam, mit einem wunderlichen, heiseren Klang in der Stimme.

„Wollen dich vorn nicht haben!“ sagte Montgomery mit drohender Stimme. „Aber ich sage dir, du gehst!“ Er war nahe daran, noch etwas hinzuzufügen, blickte aber plötzlich zu mir auf und folgte mir die Leiter hinauf. Ich war stillgestanden und blickte zurück, noch immer maßlos über die groteske Häßlichkeit dieses schwarzgesichtigen Geschöpfes erstaunt. Ich hatte nie zuvor ein so abstoßendes und außerordentliches Gesicht gesehen, und dennoch — wenn der Widerspruch zu glauben ist — hatte ich zu gleicher Zeit die merkwürdige Empfindung, als sei ich irgendwie doch schon genau den Zügen und Gesten begegnet, die mich jetzt entsetzten. Später fiel mir ein, daß ich das Geschöpf wahrscheinlich gesehen hatte, als ich an Bord gehoben wurde, doch befriedigte das meinen Argwohn, es schon früher wo erblickt zu haben, kaum. Aber wie man ein so eigentümliches Gesicht vor Augen gehabt und vergessen haben kann, wann und wo das war, das ging über meine Vorstellungskraft.

Die Bewegung, die Montgomery machte, um mir zu folgen, lenkte meine Aufmerksamkeit ab, und ich wandte mich und sah mich auf dem glatten Deck des kleinen Schoners um.

Ich war durch die Töne, die ich gehört hatte, schon halb auf das, was ich sah, vorbereitet. Jedenfalls hatte ich noch nie ein so schmutziges Deck gesehen. Es war mit Rübenabfall, Fetzen von grünem Zeug und unbeschreiblichem Schmutz bedeckt. An den Hauptmast waren mit Ketten eine Anzahl grauer Hetzhunde gefesselt, die jetzt gegen mich zu springen und zu bellen begannen, und ein riesiger Puma war in einen kleinen eisernen Käfig am Besanmast gesperrt, der viel zu eng war, um dem Tier auch nur Raum zum Wenden zu lassen. Ferner gab es auf Steuerbord einige große Ställe, die eine Anzahl Kaninchen enthielten, und ein einzelnes Lama war vorn in eine viel zu kleine Kiste gequetscht. Die Hunde hatten Lederriemen um die Schnauzen. Das einzige menschliche Wesen auf Deck war ein hagerer, schweigsamer Seemann, der das Steuer bediente.

Die geflickten, schmutzigen Treibsegel standen straff vor dem Winde; überhaupt schien das kleine Schiff all seine Segel gesetzt zu haben. Der Himmel war klar, die Sonne halbwegs den westlichen Horizont hinunter; lange, schaumgekrönte Wogen begleiteten uns. Wir gingen am Steuermann vorbei nach Backbord und blickten auf das Wasser, das schäumend unter den Stern lief, und auf die Blasen, die im Kielwasser tanzten und verschwanden. Ich drehte mich um und blickte das ekelhafte Schiffsdeck entlang.

„Ist dies eine Meeresmenagerie?“ fragte ich.

„Sieht fast so aus“, sagte Montgomery.

„Was sollen die wilden Tiere? Ware? Meint der Kapitän, er wird sie irgendwo in der Südsee loswerden?“

„Es sieht so aus, nicht wahr?“ sagte Montgomery und wandte sich wieder dem Kielwasser zu.

Plötzlich hörten wir von der Schottluke her einen Schrei und eine Ladung von Flüchen, und der ungestalte Mensch mit dem schwarzen Gesicht kletterte eilig herauf. Dicht hinter ihm folgte ein untersetzter, rothaariger Mann mit einer weißen Mütze. Beim Anblick des ersteren wurden die Hetzhunde, die mittlerweile alle des Bellens müde geworden waren, wütend aufgeregt, heulten und sprangen an ihren Ketten. Der Schwarze zögerte vor ihnen, und das gab dem Rothaarigen Zeit, ihn einzuholen und ihm einen furchtbaren Stoß zwischen die Schulterblätter zu versetzen. Der arme Teufel flog hin wie ein gefällter Ochs und rollte unter die wütend aufgeregten Hunde. Es war sein Glück, daß ihnen das Maul verbunden war. Der Rothaarige grunzte triumphierend, taumelte und geriet, wie mir schien, in ernstliche Gefahr, entweder rückwärts die Kajütstreppe hinunterzustürzen, oder vorwärts über sein Opfer zu stolpern.

Als der zweite Mann erschien, fuhr Montgomery heftig auf. „Sachte da vorn!“ rief er warnend. Ein paar Matrosen erschienen am Bug.

Der Mann mit dem schwarzen Gesicht rollte unter den Pfoten der Tiere umher und heulte mit merkwürdiger Stimme. Niemand versuchte ihm zu helfen. Die Tiere taten ihr Bestes, um ihn zu zerreißen, indem sie mit den Schnauzen nach ihm stießen. Ihre geschmeidigen grauen Leiber vollführten einen behenden Tanz über der plumpen, gestürzten Gestalt. Die Matrosen vorn riefen ihnen zu, als sei es ein ausgezeichneter Ulk. Montgomery stieß einen zornigen Ausruf aus und ging weiter über das Deck. Ich folgte ihm.

In der nächsten Sekunde hatte sich der Mann mit dem schwarzen Gesicht aufgerafft und taumelte vorwärts. Er stolperte bei den Wanten, blieb keuchend stehen und sah sich über die Schulter weg nach den Hunden um. Der Rothaarige lachte ein befriedigtes Lachen.

„Hören Sie, Kapitän“, sagte Montgomery, stärker lispelnd als gewöhnlich, während er den Rothaarigen bei den Ellenbogen packte: „Das geht nicht.“

Ich stand hinter Montgomery. Der Kapitän drehte sich halb um und sah ihn mit den stumpfen und feierlichen Augen eines Betrunkenen an. „Was geht nicht?“ fragte er; und nachdem er Montgomery eine Minute lang schläfrig ins Gesicht geblickt hatte, fügte er hinzu: „Verdammter Knochensäger!"

Mit einer plötzlichen Bewegung wollte er die Arme freischütteln, und nach zwei wirkungslosen Versuchen steckte er die mit Sommersprossen bedeckten Hände in die Seitentaschen.

„Der Mann ist Passagier", sagte Montgomery. „Ich rate Ihnen, die Hände von ihm zu lassen."

„Gehen Sie zur Hölle!" rief der Kapitän laut. Plötzlich drehte er sich um und taumelte zur Seite. „Tu was ich will auf meinem eigenen Schiff", sagte er.

Ich meine, Montgomery hätte ihn jetzt lassen können — da der Kerl nun einmal betrunken war. Aber er wurde nur um einen Schatten blasser und folgte dem Kapitän zur Reling.

„Hören Sie, Kapitän", sagte er. „Der Mann da soll nicht mißhandelt werden. Er ist gequält worden, seit er an Bord kam."

Eine Minute lang war der Kapitän sprachlos in seinen alkoholischen Dünsten. „Verdammter Knochensäger!" war alles, was er dazu zu sagen hatte.

Ich konnte sehen, daß Montgomery von jenem langsamen, hartnäckigen Temperament war, das sich allmählich aufheizt, bis es zur Weißglut kommt und sich nie wieder bis zur Verzeihung abkühlt; und ich sah auch, daß dieser Streit seit einiger Zeit schwelte. „Der Mann ist betrunken", sagte ich, vielleicht aufdringlich; „Sie werden nichts ausrichten."

Montgomery zog seine hängende Lippe häßlich schief. „Er ist immer betrunken. Meinen Sie, das entschuldigte ihn, wenn er seine Passagiere angreift?"

„Mein Schiff", begann der Kapitän, indem er die Hand unsicher gegen die Käfige hob, „war ein sauberes Schiff. Sehen Sie's jetzt an." Es war sicherlich alles andere als sauber. „Mannschaft", fuhr der Kapitän fort, „saubere, ehrenwerte Mannschaft."

„Sie waren bereit, die Tiere mitzunehmen."

„Ich wollt', mir wär' Ihre höllische Insel nie vor Augen gekommen. Was zum Teufel ... brauchen Sie Tiere für so eine Insel? Und dann Ihr Mann da ... Wohlverstanden, wenn er 'n Mann wär. Er ist 'n Verrückter. Und er hatte hinten nichts zu suchen. Meinen Sie, das ganze Satansschiff gehört Ihnen?"

„Ihre Leute begannen den armen Teufel zu quälen, sowie er an Bord kam."

„Er ist 'n Teufel, 'n häßlicher Teufel. Meine Leute können ihn nicht ausstehen. Ich kann ihn nicht ausstehn. Keiner von uns kann ihn ausstehn. Und Sie auch nicht."

Montgomery wandte sich ab. „Sie lassen den Mann auf jeden Fall in Ruhe", sagte er und nickte beim Sprechen mit dem Kopf.

Aber jetzt wollte der Kapitän streiten. Er erhob die Stimme: „Wenn er noch mal auf dies Ende vom Schiff kommt, kehr' ich ihm die Gedärme nach außen, sage ich Ihnen. Schneid' ihm seine verdammten Gedärme heraus. Wer sind Sie, daß Sie mir sagen wollen, was ich tun soll? Ich sage Ihnen, ich bin Kapitän auf dem Schiff — Kapitän und Eigentümer. Ich bin das Gesetz hier, sag' ich Ihnen — das Gesetz und die Propheten. Ich hab' mich verpflichtet, einen Mann und seinen Diener nach Arica und wieder zurück zu bringen und noch ein paar Tiere mitzunehmen. Ich hab' mich nie verpflichtet, einen tollen Teufel und einen albernen Knochensäger zu transportieren, einen . . ."

Nun, einerlei, wie er Montgomery nannte. Ich sah, daß dieser einen Schritt vorwärts tat, und ich trat dazwischen. „Er ist betrunken", sagte ich. Der Kapitän begann noch schlimmer zu schimpfen. „Hören Sie auf", sagte ich, während ich mich scharf zu ihm wandte, denn ich hatte in Montgomerys weißem Gesicht Gefahr gesehen. Damit lenkte ich den Guß auf mich selber.

Ich war jedoch froh, etwas zu verhindern, was einer Schlägerei ungemein nahekam, selbst um den Preis, der betrunkenen Wut des Kapitäns ausgesetzt zu werden. Ich glaube nicht, daß ich je zuvor soviel gemeine Worte in so ununterbrochenem Strom von den Lippen irgendeines Menschen hatte fließen hören, obgleich ich genügend in exzentrischer Gesellschaft verkehrt hatte. Einiges ertrug ich nur schwer, obgleich ich ein Mann von mildem Temperament bin. Aber auf jeden Fall hatte ich, als ich dem Kapitän sagte, er solle aufhören, vergessen, daß ich nur ein Stück menschlichen Strandguts war, von meinen Hilfsquellen abgeschnitten, mit unbezahlter Passage, nichts als ein Obdachloser, der von der Güte — oder dem spekulativen Unternehmungsgeist des Schiffseigners — abhing. Er erinnerte mich mit beträchtlichem Nachdruck daran. Aber auf jeden Fall hatte ich einen Kampf verhütet.

4

AN BORD DES SCHONERS

An diesem Abend wurde nach Sonnenuntergang Land gesichtet. Montgomery deutete an, es sei sein Ziel. Es war zu fern, als daß man Einzelheiten hätte erkennen können; mir erschien es einfach als ein schmaler Streifen dunklen Blaus auf der ungewissen blaugrauen See. Eine Rauchsäule stieg fast senkrecht von ihm zum Himmel auf.

Der Kapitän war nicht an Deck, als das Land gesichtet wurde. Nachdem er seiner Wut gegen mich Luft gemacht hatte, war er hinuntergetaumelt, und ich hörte, er habe sich auf dem Boden seiner Kabine schlafen gelegt. Der Maat übernahm das Kommando. Es war der hagere, schweigsame Mensch, den wir am Rad gesehen hatten. Offenbar war auch er auf Montgomery schlecht zu sprechen. Er nahm nicht die geringste Notiz von uns beiden. Wir saßen nach ein paar vergeblichen Anläufen zu einem Gespräch mit ihm in verdrießlichem Schweigen da. Es fiel mir auch auf, daß die Mannschaft meinen Gefährten und seine Tiere merkwürdig unfreundlich ansah. Montgomery sagte nicht, was er mit diesen Geschöpfen vorhatte und wo sein Ziel lag, und obgleich ich mir wachsender Neugier bewußt war, drängte ich ihn nicht. Wir blieben auf dem Hinterdeck und unterhielten uns, bis der Himmel mit Sternen dicht besät war. Abgesehen von einem gelegentlichen Geräusch im gelberleuchteten Vorderdeck und hin und wieder einer Bewegung der Tiere war die Nacht sehr still. Der Puma lag zusammengekauert und beobachtete uns mit leuchtenden Augen: ein dunkler Haufen im Winkel seines Käfigs. Die Hunde schienen zu schlafen. Montgomery zog ein paar Zigarren hervor.

Er sprach in einem Ton halb schmerzlicher Erinnerung mit mir von London und stellte allerlei Fragen über Veränderungen, die eingetreten waren. Er sprach wie ein Mann, der sein Leben dort geliebt hatte und plötzlich und unwiderruflich davon losgerissen worden war. Ich schwätzte so gut ich konnte von dem und jenem. Immer mehr wurde mir bewußt, wie seltsam er doch war, und während ich mit ihm sprach, blickte ich ihm beim schwachen Licht der Kompaßlaterne hinter mir in das merkwürdige bleiche Gesicht. Dann sah ich aufs dunkle Meer hinaus, wo seine kleine Insel in der Finsternis verborgen lag.

Dieser Mann, so schien es mir, war eigens aus der Unendlichkeit gekommen, um mir das Leben zu retten. Morgen sollte er von Bord gehen und wieder aus meinem Dasein verschwinden. Selbst unter alltäglichen Umständen hätte es mich ein wenig nachdenklich gestimmt. Aber erstens war es so sonderbar, daß ein gebildeter Mann auf dieser unbekannten kleinen Insel wohnte, und dazu kam das merkwürdige Gepäck. Ich ertappte mich dabei, wie ich die Frage des Kapitäns wiederholte: Was wollte er mit den Tieren? Und warum hatte er getan, als gehörten sie nicht ihm, als ich zuerst von ihnen sprach? Und dann war auch in seinem Diener etwas Bizarres, das mir tiefen Eindruck gemacht hatte. Diese Umstände umgaben den Mann mit einem Nebel des Geheimnisses. Sie nahmen meine Phantasie gefangen und fesselten mir die Zunge.

Gegen Mitternacht erstarb unser Gespräch über London, und wir standen Seite an Seite und lehnten uns über die Reling und starrten verträumt über die schweigende, sternenbeleuchtete See, und jeder folgte seinen eigenen Gedanken. Es war die richtige Atmosphäre zur Äußerung von Gefühlen, und ich begann mit meiner Dankbarkeit.

„Wenn ich es sagen darf", sagte ich nach einer Weile, „Sie haben mir das Leben gerettet."

„Zufall", sagte er, „nichts als Zufall."

„Ich danke lieber dem erreichbaren Werkzeug des Zufalls."

„Danken Sie niemandem. Sie waren in Not und ich hatte das Wissen, und ich habe Ihnen Injektionen gemacht und Sie gefüttert. Mir war langweilig und ich wollte etwas zu tun haben. Wenn ich an dem Tag etwa abgehetzt gewesen wäre, oder mir hätte Ihr Gesicht nicht gefallen, ja — es ist eine sonderbare Frage, wo Sie da jetzt wären."

Das dämpfte meine Stimmung ein wenig. „Auf jeden Fall —" begann ich.

„Es ist Zufall, sage ich Ihnen", unterbrach er mich, „wie alles im Leben. Nur die Esel wollen das nicht einsehen. Warum bin ich jetzt hier — von der Zivilisation ausgestoßen —, statt ein glücklicher Mann zu sein und alle Freuden Londons zu genießen? Einfach, weil ich — vor elf Jahren — in einer Nebelnacht auf zehn Minuten den Kopf verloren hatte."

Er hielt inne. „Ja?" sagte ich.

„Das ist alles."

Wir versanken wieder in Schweigen. Dann lachte er. „Dies Sternenlicht hat etwas, was einem die Zunge löst. Ich bin ein Esel, und doch hätte ich irgendwie Lust, es Ihnen zu erzählen."

„Was Sie mir auch erzählen, Sie können sich drauf verlassen, daß ich's für mich behalte... Wenn Sie das meinen."

Er stand im Begriff, zu beginnen, dann aber schüttelte er zweifelnd den Kopf. „Lassen Sie's", sagte ich. „Mir ist's einerlei. Schließlich ist es besser, Sie behalten Ihr Geheimnis. Sie gewinnen nichts außer ein wenig Erleichterung, wenn ich Ihr Geheimnis achte. Wenn nicht ... ja?"

Er grunzte unentschieden. Ich fühlte, daß ich ihn an einer schwachen Stelle, in einer redseligen Stimmung gepackt hatte; aber, um die Wahrheit zu sagen, ich war nicht neugierig, zu erfahren, was einen jungen Studenten der Medizin aus London vertrieben haben konnte. Ich habe Phantasie. Ich zuckte die Schultern und wandte mich ab. Am Backbord lehnte eine stille, schwarze Gestalt und beobachtete die Sterne. Es war Montgomerys unheimlicher Begleiter. Er blickte bei meiner Bewegung schnell über die Schulter und sah dann wieder fort.

Es mag Ihnen als eine Kleinigkeit erscheinen, aber mir war, als hätte ich plötzlich einen Schlag erhalten. Das einzige Licht in unserer Nähe kam von einer Laterne am Steuer. Das Geschöpf wandte sich eine kurze Sekunde gegen diese Beleuchtung, und ich sah, daß die Augen, die mich anblickten, blaßgrün funkelten.

Ich wußte damals nicht, daß — zumindest ein rötliches — Leuchten in menschlichen Augen nicht selten ist. Mir kam das ganz und gar unmenschlich vor. Diese schwarze Gestalt mit ihren Feueraugen stürzte all meine Begriffe und Empfindungen um, und einen Moment traten mir die vergessenen Schrecken der Kindheit wieder vor Augen. Dann verschwand dieses Entsetzen, wie es gekommen war. Eine wunderliche schwarze Menschengestalt, eine Gestalt ohne besonderen Belang, beugte sich über die Reling und betrachtete das Sternenlicht, und ich hörte, wie Montgomery zu mir sprach.

„Ich denke, wir gehen dann hinein", sagte er, „wenn Sie hiervon genug haben."

Ich antwortete ihm ungeschickt. Wir gingen hinunter, und er wünschte mir an der Tür meiner Kabine gute Nacht.

Ich hatte ein paar sehr unerfreuliche Träume.

Der abnehmende Mond ging spät auf. Sein Licht warf einen blassen, weißen Strahl durch meine Kabine und zeichnete auf die Planken bei meiner Koje eine unheimliche Lichtfigur. Dann wachten die Hetzhunde auf und begannen zu heulen und zu bellen, so daß ich vor der Dämmerung des Sonnenaufgangs kaum mehr Schlaf fand.

5

DER MANN, DER NICHT WUSSTE, WOHIN GEHEN

Am frühen Morgen — es war der zweite Morgen, nachdem ich mich erholt hatte, und, so glaube ich, der vierte, seit ich aufgefischt war — erwachte ich aus einem Wirbel aufregender Träume, Träume von Kanonen und heulendem Pöbel, und ich hörte heiseres Rufen über mir. Ich rieb mir die Augen und lauschte auf den Lärm, ohne zunächst zu wissen, wo ich war. Dann vernahm ich das Trappeln nackter Füße, den Lärm schwerer Gegenstände, die umhergeworfen wurden, und ein heftiges Kreischen und Rasseln von Ketten; hierauf das Geräusch des Wassers, als das Schiff plötzlich gewendet wurde. Eine schäumende gelbgrüne Welle schlug an dem kleinen runden Fenster vorbei. Ich schlüpfte eilig in meine Kleider und ging an Deck.

Als ich die Leiter heraufkam, sah ich gegen den rötlichen Himmel — denn die Sonne ging gerade auf — den breiten Rücken und das rote Haar des Kapitäns, und über seiner Schulter den Puma, der an einem Flaschenzug baumelte, welcher am Giekbaum des Besanmastes hing. Das arme Tier schien furchtbare Ängste auszustehen und kauerte am Boden seines kleinen Käfigs. „Über Bord damit!" schrie der Kapitän. „Über Bord damit! Wir wollen das Schiff bald von dem ganzen Unrat sauber haben."

Er stand mir im Weg, so daß ich ihn notwendigerweise berühren mußte, um an Deck zu kommen. Er drehte sich erschrocken um und stolperte ein paar Schritte zurück, um mich anzustarren. „Hallo!" sagte er stumpfsinnig, und dann begannen seine Augen zu funkeln: „Ah, das ist Mister — Mister — —?"

„Prendick", sagte ich.

„Prendick, zum Henker!" sagte er. „Hören-Sie-auf — heißen Sie, Mister Hören-Sie-auf!"

Es lohnte nicht, dem Grobian zu antworten. Aber was er dann tat, hatte ich sicherlich nicht erwartet. Er streckte die Hand zum Fallreep, wo Montgomery mit einem untersetzten, weißhaarigen Mann in schmutzigem blauem Flanell stand, der offenbar gerade an Bord gekommen war. „Da hinaus, Mister verdammter Hören-Sie-auf. Da hinaus", brüllte der Kapitän.

Montgomery und sein Gefährte drehten sich um, während er schrie.

„Was meinen Sie?" fragte ich.

„Da hinaus, Mister verdammter Hören-Sie-auf — das meine ich. Über Bord, Mister Hören-Sie-auf — und flott. Wir machen das Schiff klar, machen das ganze Satansschiff sauber. Und über Bord gehen Sie."

Ich starrte ihn verblüfft an. Dann fiel mir ein, daß es genau das war, was ich wollte. Die Aussicht auf eine Reise als einziger Passagier mit diesem zanksüchtigen Trinker war alles andere als verlockend. Ich wandte mich zu Montgomery.

„Kann Sie nicht aufnehmen!" sagte Montgomerys Gefährte kurzangebunden.

„Sie können mich nicht aufnehmen!" stammelte ich erschrocken. Er hatte das vierschrötigste und entschlossenste Gesicht, das ich je erblickt hatte.

„Sehen Sie", begann ich, indem ich mich zum Kapitän wandte.

„Über Bord", sagte der Kapitän. „Dieses Schiff ist nicht länger für Tiere und Kannibalen und Schlimmeres als Tiere. Über Bord gehen Sie, Mr. Hören-Sie-auf. Wenn die Sie nicht haben wollen, dann saufen Sie eben ab. Aber gehen tun Sie! Mit Ihren Freunden. Ich bin mit dieser Satansinsel für alle Ewigkeit fertig, Amen! Ich hab' genug davon."

„Aber Montgomery", wandte ich mich um.

Er biß sich auf die Unterlippe und wies hoffnungslos mit dem Kopf auf den grauhaarigen Mann neben sich, um seine Ohnmacht anzudeuten.

„Für Sie werde ich gleich sorgen", sagte der Kapitän.

Dann begann ein merkwürdiger Streit im Dreieck. Abwechselnd wandte ich mich vom einen zum andern der drei Leute, erst an den Grauhaarigen, er solle mich an Land lassen, und dann an den Kapitän, er solle mich an Bord behalten. Ich schrie selbst den Matrosen Bitten zu. Montgomery sagte kein Wort; er schüttelte nur den Kopf. „Sie gehen über Bord, sage ich Ihnen“, war der Refrain des Kapitäns... „Zum Henker mit dem Gesetz! Hier bin ich König.“

Schließlich, muß ich gestehen, brach mir die Stimme mitten in einem furchtbaren Fluch. Ein Anfall hysterischen Eigensinns schüttelte mich und ich ging nach hinten, wo ich finster ins Nichts starrte.

Inzwischen kamen die Matrosen mit der Arbeit des Ausschiffens von Gepäck und Käfigen schnell vorwärts. Ein großes Langboot lag an der Leeseite des Schoners, und dahinein wurde die merkwürdige Sammlung von Gütern geschwungen. Noch sah ich die Hilfskräfte von der Insel, die das Gepäck in Empfang nahmen, nicht, denn der Rumpf des Bootes war mir durch den Schiffsbauch verborgen.

Weder Montgomery noch sein Gefährte nahmen die geringste Notiz von mir, sondern sie halfen den vier oder fünf Matrosen, die Güter zu löschen und gaben Anweisungen. Der Kapitän ging nach vorn und störte mehr, als daß er half. Ich war abwechselnd verzweifelt und zu allem entschlossen. Ein- oder zweimal konnte ich, als ich so dastand und wartete, dem Impuls nicht widerstehen, über meine elende Schwierigkeit zu lachen. Ich fühlte mich um so elender, als ich kein Frühstück gegessen hatte. Hunger und Mangel an Blutkörperchen nehmen einem Mann alle Mannheit. Ich merkte ziemlich klar, daß ich nicht Kraft genug hatte, weder um mich zu widersetzen, wenn der Kapitän mich wirklich vertreiben wollte, noch um mich Montgomery und seinem Gefährten aufzudrängen. So wartete ich passiv auf das Schicksal, und die Arbeit des Ausladens von Montgomerys Besitz in das Boot ging weiter, wie wenn ich nicht vorhanden gewesen wäre.

Dann war man damit fertig, und ich wurde gegen meinen — allerdings nur schwachen — Widerstand zum Fallreep geschleppt. Selbst da noch bemerkte ich die Seltsamkeit der braunen Gesichter der Leute, die bei Montgomery im Boote waren. Aber das Boot war jetzt vollgeladen und wurde eilig abgestoßen. Ein breiter werdender Spalt grünen Wassers erschien unter mir, und ich drängte mit aller Kraft rückwärts, um nicht kopfüber hinunterzustürzen.

Die Leute im Boot stießen spöttische Rufe aus, und ich hörte Montgomery auf sie fluchen. Und dann schob der Kapitän mich mit Hilfe des Maats und eines der Matrosen nach hinten zum Heck. Dort war das Rettungsboot der *Lady Vain* angebunden; es war voll Wasser, hatte keine Ruder und war ganz ohne Vorräte. Ich weigerte mich, hinunterzusteigen, und warf mich in meiner ganzen Länge aufs Deck. Schließlich schwangen sie mich an einem Strick hinunter — denn sie hatten keine Leiter — und schnitten mich los.

Ich trieb langsam vom Schoner weg. Wie gelähmt beobachtete ich, wie sich alle Hände an die

Takelage legten, und langsam aber sicher drehte sich das Schiff in den Wind. Die Segel flatterten und bauchten sich dann aus, als der Wind hineinfaßte. Ich starrte die verwitterten Planken an, die sich steil über mich neigten. Und dann zog der Schoner aus meinem Gesichtskreis fort.

Ich wandte nicht einmal den Kopf, um ihm zu folgen. Erst konnte ich kaum glauben, was geschehen war. Ich kauerte mich am Boden des Bootes hin und starrte betäubt und leer auf das öde und ölige Meer. Dann wurde mir klar, daß ich wieder in dieser meiner jetzt halb unter Wasser stehenden kleinen Hölle war. Als ich über Bord zurückblickte, sah ich, wie der rothaarige Kapitän mich von Backbord aus verhöhnte; und als ich mich zur Insel wandte, sah ich, daß sich das Langboot bereits dem Ufer näherte.

Plötzlich wurde mir die Grausamkeit dieser Aussetzung klar. Ich hatte keine Möglichkeit, das Land zu erreichen, wenn ich nicht etwa antrieb. Man muß bedenken, daß ich noch schwach war von der Zeit im Boot; ich war leer und matt, sonst hätte ich mehr Mut gehabt. Nun aber begann ich plötzlich zu schluchzen und zu weinen, wie ich es nicht mehr getan hatte, seit ich ein kleines Kind war. Mir liefen die Tränen das Gesicht herunter. In leidenschaftlicher Verzweiflung schlug ich mit den Fäusten auf das Wasser im Boot und stieß wild gegen den Bordrand. Ich betete laut zu Gott, er möge mich sterben lassen.

6

DIE VERDÄCHTIGEN BOOTSLEUTE

Aber die Insulaner faßten, als sie mich so dahintreiben sahen, Mitleid mit mir. Ich wurde sehr langsam nach Osten getragen, schräg auf die Insel zu, und plötzlich sah ich mit hysterischer Erleichterung das Boot wenden und zu mir zurückfahren. Es war schwer beladen, und als es herankam, konnte ich sehen, daß Montgomerys Gefährte mit dem weißen Haar und den breiten Schultern mit den Hunden und mehreren Packkisten zusammengedrängt im Heck saß. Dieser Mensch starrte mich fest an, ohne sich zu rühren oder zu sprechen. Der Krüppel mit dem schwarzen Gesicht, der neben dem Pumakäfig im Bug kauerte, starrte mich ebenso unbeweglich an. Außerdem waren noch drei Leute vorhanden, seltsame, tierisch aussehende Gesellen, die von den Hetzhunden wild angeknurrt wurden. Montgomery steuerte und brachte das Boot zu mir her; er stand auf und befestigte meine Bootsleine an seiner Ruderpinne, um mich ins Schlepptau zu nehmen — denn es war kein Platz an Bord.

Ich hatte mich mittlerweile von meiner hysterischen Phase erholt und beantwortete seinen Ruf, als er herankam, ziemlich beherzt. Ich sagte ihm, das Boot sei fast voll, und er reichte mir eine Wasserschaufel. Ich wurde nach hinten geschleudert, als das Seil zwischen den beiden Booten sich spannte. Eine Zeitlang hatte ich mit dem Schöpfen zu tun.

Erst als ich das Wasser entfernt hatte — das Boot war im übrigen vollständig heil —, hatte ich Muße, mir die Leute im Langboot wieder anzusehen.

Der weißhaarige Mensch blickte mich noch immer unverwandt an, aber, wie es mir jetzt vorkam, mit dem Ausdruck einiger Besorgnis. Als meine Augen den seinen begegneten, blickte er auf den Hund nieder, der ihm zwischen den Knien saß. Es war, wie ich schon sagte, ein mächtig gebauter Mann mit schöner Stirn und etwas derben Zügen, aber seine Augen zeigten das merkwürdige Überhängen der Haut über die Lider, wie es oft mit den vorrückenden Jahren kommt, und die herabgezogenen Mundwinkel gaben ihm den Ausdruck kampflustiger Entschlossenheit. Er sprach mit Montgomery in zu leisem Ton, als daß ich seine Worte hätte verstehen können. Von ihm wanderten meine Augen zu den drei Bootsleuten: es war eine seltsame Mannschaft. Ich sah nur ihre Gesichter, aber in ihren Gesichtern lag etwas — ich weiß nicht, was —, das mir einen wunderlichen Krampf des Widerwillens verursachte. Ich sah sie fest an, und der Ekel verging nicht, obgleich ich nicht einsah, was ihn veranlaßte. Es schienen mir braune Menschen zu sein, aber ihre Glieder waren sonderbarerweise in dünnes, schmutziges weißes Zeug gehüllt — bis hinunter zu den Fingern und Füßen. Ich habe Männer nie so eingewickelt gesehen, und Frauen nur im Osten. Sie trugen auch Turbans, und darunter blickten mich ihre gnomenhaften Gesichter an, Gesichter mit vorspringendem Unterkiefer und glänzenden Augen. Sie hatten schlichtes schwarzes Haar, fast wie Pferdehaar, und wie sie dasaßen, schienen sie an Größe alle Menschenrassen zu überragen, die ich je gesehen habe. Der weißhaarige Mann, der, wie ich wußte, gute sechs Fuß maß, war im Sitzen einen Kopf kleiner als der kleinste von den dreien. Später fand ich, daß in Wirklichkeit keiner größer war als ich, aber ihr Rumpf war abnorm lang und die Schenkelpartie kurz und merkwürdig gewunden. Auf jeden Fall war es eine verblüffend häßliche Gesellschaft, und über ihren Köpfen, unter der vorderen Rahe, blickte mich der Mann mit dem schwarzen Gesicht an, dessen Augen im Dunkel leuchteten.

Als ich sie anstarrte, begegneten sie meinem Blick, und dann wandten sie sich einer nach dem anderen ab, und nun blickten sie mich merkwürdig verstohlen an. Mir kam der Gedanke, ich belästige sie vielleicht, und ich widmete meine Aufmerksamkeit der Insel, der wir uns näherten.

Sie war niedrig und mit dichter Vegetation bedeckt, hauptsächlich einer Palmenart, die mir neu war. An einem Punkt stieg dünner weißer Rauch schräg in eine ungeheure Höhe und verästelte sich dann wie eine Daunenfeder. Wir waren jetzt im Halbrund einer weiten Bucht, zu deren beiden Seiten sich ein niedriges Vorgebirge erhob. Der Strand war schmutziger grauer Sand und stieg steil zu einem Hügelrücken empor, der etwa sechzig bis siebzig Fuß über dem Wasserspiegel lag und unregelmäßig mit Bäumen und Unterholz bewachsen war. Auf halbem Weg zu der Anhöhe befand sich eine viereckige, bunte Steinmauer, die, wie ich später herausfand, zum Teil aus Korallen, zum Teil aus bimssteinartiger Lava gebaut war. Zwei strohgedeckte Dächer ragten aus dieser Mauer heraus.

Ein Mann stand am Wasserrand und erwartete uns. Als wir noch weit ab waren, glaubte ich, noch andere und sehr groteske Geschöpfe auf dem Abhang in die Gebüsche huschen zu sehen; sie waren jedoch verschwunden, als wir näher kamen. Dieser Mann war von mittlerer Größe und hatte ein schwarzes, negroides Gesicht, einen großen, fast lippenlosen Mund, ungewöhnlich dünne Arme, lange, dünne Füße und O-Beine, und er stand da, den schweren Kopf vorgeschoben, und starrte uns an. Er war wie Montgomery und sein weißhaariger Gefährte in Jackett und Hosen aus blauer Serge gekleidet.

Als wir noch näher kamen, begann dieses Wesen auf dem Strand hin- und herzulaufen und die grotesken Bewegungen zu machen. Auf ein Kommandowort von Montgomery sprangen die vier Leute im Langboot mit sonderbar linkischen Gesten auf und holten die Segel ein. Montgomery steuerte einen schmalen, kleinen Anlegeplatz an, der in den Strand gegraben war. Dann eilte der Mann auf dem Strand zu uns. Dieser Anlegeplatz war eigentlich nichts als ein Graben, der bei diesem Flutstand gerade lang genug war, um das Langboot aufzunehmen.

Ich hörte den Bug auf dem Sand knirschen, hielt mein Boot mit der Schöpfkelle vom Steuerruder des großen ab, band das Tau los und landete. Die drei eingemummten Männer kletterten mit ungeheuer plumpen Bewegungen auf den Sand hinaus und begannen sofort unter Mithilfe des Mannes am Strand die Ladung zu landen. Mir fielen besonders die sonderbaren Beinbewegungen der drei bandagierten Bootsleute auf — sie waren nicht steif, aber irgendwie merkwürdig verrenkt, beinahe so, als säßen die Gelenke verkehrt. Die Hunde knurrten diese Leute weiter an und zerrten an ihren Ketten, als der weißhaarige Mann mit ihnen an Land ging.

Die drei großen Burschen sprachen miteinander in sonderbaren Gutturallauten, und der Mann, der am Strande auf uns gewartet hatte, begann aufgeregt mit ihnen zu schwatzen — eine fremde Sprache, wie mir schien —, als sie die Hand an einige beim Heck aufgehäufte Ballen legten. Irgendwo hatte ich eine solche Stimme schon gehört, aber ich konnte mich nicht besinnen, wo. Der weißhaarige Mann stand da, bändigte sechs Hunde und schrie Befehle, die ihren Lärm übertönten. Montgomery ging gleichfalls an Land, und alle begannen mit dem Löschen. Ich war aufgrund meines langen Fastens und der Sonne, die mir auf den bloßen Kopf brannte, zu schwach, um Hilfe anzubieten.

Plötzlich schien sich der Weißhaarige meiner Gegenwart zu erinnern, und er trat zu mir. „Sie sehen aus“, sagte er, „als hätten Sie kaum etwas gefrühstückt.“

Seine kleinen Augen glänzten schwarz unter den schweren Brauen. „Da muß ich mich entschuldigen. Sie sind jetzt unser Gast, und wir müssen es Ihnen behaglich machen — obgleich Sie uneingeladen sind, wie Sie wissen.“

Er sah mir scharf ins Gesicht. „Montgomery sagt, Sie sind ein gebildeter Mann, Mr. Prendick — er meint, Sie verstehen etwas von den Naturwissenschaften. Darf ich fragen, was das bedeutet?“

Ich sagte ihm, ich hätte einige Jahre auf dem *Royal College of Science* studiert und unter Huxley ein wenig biologische Forschungen getrieben. Da hob er leicht die Augenbrauen.

„Das ändert den Fall ein wenig, Mr. Prendick“, sagte er mit einer Spur mehr Achtung in der Stimme. „Zufällig sind wir hier Biologen. Dies ist eine biologische Station — gewissermaßen.“ Sein Auge ruhte auf den Leuten in Weiß, die den Pumakäfig auf Rollen zu dem ummauerten Hof hinaufschleppten. „Wenigstens ich und Montgomery sind Biologen“, fügte er hinzu.

Und dann: „Wann Sie von hier wieder fortkommen können, weiß ich nicht. Wir liegen abseits aller Schiffsrouten. Wir sehen nur alle Jahre oder so einmal ein Schiff.“

Er ließ mich unvermittelt stehen, ging den Strand hinauf und betrat, glaube ich, den ummauerten Hof. Die beiden anderen Leute waren mit Montgomery beschäftigt, auf einem niedrigen Blockwagen Pakete aufzutürmen. Das Lama und die Kaninchenställe waren noch im Boot, die Hetzhunde noch an die Ruderbänke gefesselt. Als der Haufen vollständig war, faßten alle drei an dem Blockwagen an und begannen, die tonnenschwere Last berganzuschieben. Dann verließ Montgomery sie, kam zu mir zurück und hielt mir die Hand hin.

„Ich für meinen Teil“, sagte er, „bin froh. Der Kapitän war ein alberner Esel. Der hätte Ihnen die Hölle heiß gemacht.“

„Sie“, sagte ich, „haben mich zum zweitenmal gerettet.“

„Das kommt darauf an. Sie werden diese Insel verdammt verrückt finden, das verspreche ich Ihnen. Ich würde sorgfältig aufpassen, wohin ich ginge, wenn ich Sie wäre. Er...“ Er zögerte und schien doch nicht aussprechen zu wollen, was ihm auf den Lippen lag. „Könnten Sie mir mit diesen Kaninchen helfen?“ fragte er.

Was er mit den Kaninchen tat, war sonderbar. Ich watete mit ihm ins Wasser und half ihm, einen von den Käfigen an Land zu ziehen. Kaum war das geschehen, so öffnete er die Tür, kippte den Behälter und schüttete dessen lebenden Inhalt auf den Boden. Die Tiere fielen in einem wirren Haufen eins übers andere. Er klatschte in die Hände, und sofort sprangen sie hüpfend davon, zwanzig oder dreißig, meine ich, den Strand hinauf. „Wachst und mehrt euch, meine Freunde", sagte Montgomery. „Füllt die Insel. Bislang haben wir hier ein wenig Mangel an Fleisch gehabt."

Während ich die Kaninchen verschwinden sah, kehrte der Weißhaarige mit einer Brandy-Flasche und etwas Zwieback zurück. „Für den ersten Hunger, Prendick", sagte er in weit vertrauterem Ton als vorher.

Ich machte keine Umstände, sondern fiel sofort über die Biskuits her, während der weißhaarige Mann Montgomery noch einige zwanzig Kaninchen mehr befreien half. Drei große Käfige jedoch folgten dem Puma zum Haus hinauf. Den Brandy rührte ich nicht an, denn ich bin seit meiner Geburt Abstinenzler gewesen.

7

DIE VERSCHLOSSENE TÜR

Der Leser wird vielleicht verstehen, daß ich zunächst nicht erkannte, wie seltsam dies und jenes in meiner Umgebung war, da ich selbst so viel Merkwürdiges erlebt hatte und meine Lage das Ergebnis so unerwarteter Abenteuer war. Ich folgte dem Lama den Strand hinauf, und Montgomery kam mir nach und bat mich, nicht die Steinumfriedung zu betreten. Ich bemerkte nun, daß der Puma in seinem Käfig und die Pakete außerhalb des Eingangs zu diesem Viereck abgesetzt worden waren.

Ich wandte mich und sah, daß das Langboot jetzt leer war, und wieder hinausgestoßen und dann auf den Strand gezogen wurde; der weißhaarige Mann kam auf uns zu. Er redete Montgomery an.

„Und jetzt kommt das Problem: der ungeladene Gast. Was wollen wir mit ihm anfangen?"

„Er versteht etwas von der Naturwissenschaft", sagte Montgomery.

„Mich juckt's, wieder an die Arbeit zu gehen — mit diesem neuen Zeug", sagte der grauhaarige Mann und nickte zur Steinmauer hin. Seine Augen leuchteten auf.

„Das kann ich mir denken", erklärte Montgomery in einem Tone, der alles eher war als herzlich.

„Wir können ihn nicht da hinüberschicken, und wir haben nicht die Zeit, eine neue Hütte zu bauen. Und auf keinen Fall können wir ihn jetzt schon ins Vertrauen ziehen."

„Ich bin in Ihrer Hand", sagte ich. Ich hatte keine Ahnung, was er mit „da hinüber" meinte.

„Ich habe an das gleiche gedacht", antwortete Montgomery. „Wir hätten mein Zimmer mit der Tür nach außen..."

„Natürlich", sagte der ältere Mann sofort, sah Montgomery an, und wir alle gingen auf die Ummauerung zu. „Es tut mir leid, daß ich Geheimnisse machen muß, Mr. Prendick — aber Sie müssen bedenken, daß Sie ungeladen kamen. Unsere kleine Niederlassung enthält ein Geheimnis, eine Art Blaubarts-Zimmer. Eigentlich nichts sehr Furchtbares — für einen vernünftigen Mann. Aber momentan — wir kennen Sie nicht..."

„Selbstverständlich", sagte ich; „ich wäre ein Narr, wollte ich an einem Mangel an Vertrauen Anstoß nehmen."

Er verzog seinen schweren Mund zu einem schwachen Lächeln — er gehörte zu jenen trägen Menschen, die mit niedergezogenen Mundwinkeln lächeln — und verbeugte sich. Am Haupteingang zur Ummauerung gingen wir vorüber; ein schweres Holztor in eisernem Rahmen, das verschlossen war; die Ladung des Langboots lag davor aufgehäuft; und an der Ecke befand sich eine kleine Tür, die ich vorher nicht bemerkt hatte. Der grauhaarige Mann zog einen Schlüsselbund aus der Tasche seines schmierigen blauen Jacketts, öffnete diese Tür und trat ein. Die vielen Schlüssel und die Tatsache, daß er alles sorgfältig abschloß, obwohl er es ständig überwachen konnte, wirkten eigentümlich.

Ich folgte ihm und betrat ein kleines, einfach, aber nicht unbehaglich eingerichtetes Zimmer, dessen innere Tür, die leicht angelehnt war, auf einen gepflasterten Hof führte. Diese innere Tür schloß Montgomery sofort. Eine Hängematte hing quer über dem dunkleren Winkel des Zimmers, und ein kleines vergittertes Fenster ohne Glas öffnete sich zum Meer hinunter.

Dies, sagte mir der Grauhaarige, sollte mein Zimmer sein, und die innere Tür, die er, wie er sagte, „aus Furcht vor Unfällen" von der anderen Seite verschließen werde, sei meine Grenze nach innen. Er machte mich auf einen bequemen Schiffsstuhl vor dem Fenster aufmerksam, und auf eine Reihe von Büchern — hauptsächlich, wie ich fand, chirurgischen Werken und Ausgaben der griechischen und lateinischen Klassiker, die ich nicht ohne Schwierigkeiten lesen kann — auf einem Bücherbrett bei der Hängematte. Er verließ das Zimmer durch die äußere Tür, als wolle er vermeiden, die innere noch einmal zu öffnen.

„Wir nehmen hier in der Regel unsere Mahlzeiten ein", sagte Montgomery, und dann ging er dem anderen nach. „Moreau“, hörte ich ihn rufen, und für den Moment, glaube ich, achtete ich nicht darauf. Als ich dann die Bücher von dem Brett in die Hand nahm, kam es mir plötzlich zu Bewußtsein: wo hatte ich den Namen Moreau schon gehört?

Ich setzte mich vor das Fenster, nahm die Zwiebackschnitten heraus, die mir noch blieben, und aß sie mit ausgezeichnetem Appetit. „Moreau?“

Durchs Fenster sah ich einen dieser merkwürdigen Leute in Weiß eine Kiste den Strand entlang ziehen. Dann verbarg ihn der Fensterrahmen. Hinter mir hörte ich bald darauf, wie jemand einen Schlüssel ins Schloß steckte und drehte. Nach einer weiteren kleinen Weile hörte ich durch die verschlossene Tür den Lärm der Hetzhunde, die vom Strand heraufgebracht worden waren. Sie bellten nicht, aber sie schnüffelten und knurrten sonderbar. Ich konnte das rasche Trippeln ihrer Füße hören und Montgomery, der sie beruhigte.

Die strikte Geheimhaltung, mit der diese beiden Männer das Gebäude umgaben, machte mir tiefen Eindruck, und eine Zeitlang dachte ich darüber und über die mir unerklärliche Vertrautheit des Namens Moreau nach. Aber so merkwürdig ist das menschliche Gedächtnis, daß ich diesen wohlbekannten Namen nicht in seinen rechten Zusammenhang einfügen konnte. Meine Gedanken wanderten zu der undefinierbaren Wunderlichkeit des ungestalten und weißbandagierten Mannes am Strande. Ich hatte noch nie einen solchen Gang, so sonderbare Bewegungen gesehen. Ich entsann mich, daß keiner von diesen Leuten mit mir gesprochen hatte, obgleich ich die meisten dabei ertappt hatte, wie sie mich von Zeit zu Zeit merkwürdig verstohlen anblickten, ganz anders als die unverdorbenen Wilden, die einen offenen Blick haben. Ich fragte mich, welche Sprache sie redeten. Sie hatten alle einen außerordentlich schweigsamen Eindruck gemacht, und wenn sie sprachen, klangen ihre Stimmen unsicher. Was war mit ihnen nicht in Ordnung? Dann fielen mir wieder die Augen von Montgomerys häßlichem Diener ein.

Gerade als ich an ihn dachte, kam er herein. Er war jetzt in Weiß gekleidet und trug ein kleines Teebrett mit etwas Kaffee und gekochtem Gemüse darauf. Ich konnte kaum einen Schauder des Widerwillens unterdrücken, als er sich liebenswürdig verbeugte und das Teebrett vor mir auf den Tisch stellte.

Dann war ich plötzlich starr vor Staunen. Unter dem strähnigen schwarzen Haar lugten spitze Ohren hervor, die mit feinem braunem Pelz bedeckt waren!

„Ihr Frühstück, Häer", sagte er. Ich starrte ihm ins Gesicht, ohne eine Antwort zu versuchen. Er drehte sich um und ging zur Tür, während er mich sonderbar über die Schulter hinweg ansah.

Ich folgte ihm mit den Augen, und dabei stieg mir durch einen Trick unbewußter Gehirntätigkeit die Wortfolge in den Kopf: „Die Moreau —

Gräber..." Wie? „Die Moreau —?" Ah, mein Gedächtnis schweifte um zehn Jahre zurück. Die „Moreau-Greuel". Die Worte trieben einen Moment zusammenhanglos in meinem Geist, und dann sah ich sie in roten Lettern auf einer lederfarbenen Broschüre, deren Lektüre einst so manchem Schauder über den Rücken gejagt hatte. Und dann fiel mir alles deutlich ein. Die längst vergessene Broschüre trat mir mit erschreckender Lebhaftigkeit wieder vor den Geist. Ich war noch ein Junge gewesen damals, und Moreau, glaube ich, etwa fünfzig; ein bedeutender und eigenwilliger Physiologe, in wissenschaftlichen Kreisen bekannt wegen seiner außerordentlichen Phantasie und brutalen Direktheit in der Diskussion. War dies derselbe Moreau? Er hatte einige sehr erstaunliche Tatsachen über Blutaustausch veröffentlicht, und er war bekannt durch wertvolle Arbeiten über krankhaftes Wachstum. Dann brach seine Karriere plötzlich ab. Er mußte England verlassen. Ein Journalist mit der vorsätzlichen Absicht, sensationelle Enthüllungen zu machen, verschaffte sich Zutritt zu seinem Laboratorium; durch einen scheußlichen Zufall — wenn es ein Zufall war — wurde seine gruslige Broschüre bekannt. Am Tage ihrer Veröffentlichung entkam ein elender Hund, dem die Haut abgezogen, und der auch sonst verstümmelt war, aus Dr. Moreaus Haus.

Es war in der Sauregurkenzeit, und ein prominenter Redakteur, ein Vetter des erwähnten Journalisten, appellierte an das Gewissen der Nation. Nicht zum erstenmal wandte sich das Gewissen gegen die Methoden der Forschung. Der Doktor wurde einfach aus dem Lande gebrüllt. Vielleicht hatte er's verdient, aber ich meine noch immer, die nur laue Unterstützung seiner Mitforscher und der Verrat der großen Masse der Wissenschaftler waren eine schmähliche Sache. Doch waren einige seiner Experimente nach dem Bericht des Journalisten leichtfertig und grausam gewesen. Er hätte vielleicht seinen sozialen Frieden erkaufen können, wenn er seine Untersuchungen aufgegeben hätte, aber offenbar waren sie ihm lieber, wie sie es wohl den meisten Menschen wären, die einmal dem überwältigenden Zauber der Forschung erlegen sind. Und er war unverheiratet und hatte daher nichts als seine eigenen Interessen zu berücksichtigen.

Ich war überzeugt, daß dies derselbe Mann war. Alles wies darauf hin. Mir dämmerte auf, zu welchem Zweck der Puma und die anderen Tiere, die sich jetzt mit dem Gepäck in der Ummauerung hinter dem Hause befanden, bestimmt waren; und ein seltsamer, schwacher Geruch, der Duft von etwas Vertrautem, ein Geruch, der mir bisher nur undeutlich bewußt gewesen war, trat plötzlich in die vorderste Reihe meiner Gedanken. Es war der antiseptische Geruch des Operationszimmers. Ich hörte den Puma durch die Mauer hindurch knurren, und einer der Hunde schrie auf, als würde er geschlagen.

Und doch wieder lag — und besonders für einen Wissenschaftler — in der Vivisektion nichts so Furchtbares, das diese Heimlichkeit erklärt hätte. Und plötzlich fielen mir die spitzen Ohren und leuchtenden Augen bei Montgomerys Begleiter wieder ein. Ich starrte hinaus aufs grüne Meer, das unter einer auffrischenden Brise schäumte, und ließ diese und andere seltsame Erinnerungen der letzten paar Tage an mir vorbeiziehen.

Was sollte das alles bedeuten? Eine verschlossene Ummauerung auf einer einsamen Insel, ein bekannter Wissenschaftler, der Vivisektionen durchführte, und diese verkrüppelten und verrenkten Menschen?

8

DER SCHREI DES PUMAS

Montgomery unterbrach meine wirren Mystifikationen und argwöhnischen Vermutungen, und sein grotesker Diener folgte ihm mit einem Tablett, auf dem Brot, etwas Gemüse und andere Eßwaren, eine Flasche Whisky, ein Krug Wasser, drei Gläser und Messer lagen und standen. Ich blickte schräg nach diesem seltsamen Geschöpf und merkte, daß es mich mit seinen wunderlichen, rastlosen Augen beobachtete. Montgomery sagte, er wolle mit mir frühstücken, Moreau sei jedoch durch vorbereitende Arbeiten zu sehr in Anspruch genommen.

„Moreau!“ sagte ich; „den Namen kenne ich.“

„Den Teufel kennen Sie ihn!“ sagte er. „Was für ein Esel ich bin, ihn Ihnen zu nennen. Ich hätte's mir denken können. Auf jeden Fall wird er Ihnen eine Ahnung von unseren — Geheimnissen geben. Whisky?“

„Nein, danke — ich bin Abstinenzler.“

„Ich wollte, ich wär's gewesen. Aber es nützt nichts, die Tür zu verschließen, wenn der Gaul erst gestohlen ist. Das verdammte Zeug ist schuld, daß ich hier bin. Das und 'ne Nebelnacht. Ich hielt es damals für ein Glück, als Moreau mir anbot, mich mitzunehmen. Es ist seltsam..."

„Montgomery", sagte ich plötzlich, als sich die äußere Tür schloß; „warum hat Ihr Diener spitze Ohren?"

„Verdammt!" sagte er, an seinem ersten Bissen kauend. Er starrte mich einen Moment an, und dann wiederholte er: „Spitze Ohren?"

„Kleine Spitzen dran", sagte ich so ruhig wie möglich, aber mein Atem stockte; „und ein feiner schwarzer Pelz an den Rändern."

Er schenkte sich mit großem Bedacht Whisky und Wasser ein. „Ich hatte den Eindruck, als verdecke sein Haar die Ohren."

„Ich sah sie, als er sich neben mir bückte, um den Kaffee auf den Tisch zu stellen, den Sie mir schickten. Und seine Augen leuchten im Dunkeln."

Mittlerweile hatte Montgomery sich von der Überrumpelung durch meine Frage erholt. „Ich habe mir doch immer gedacht", sagte er überlegt, und sein Lispeln verstärkte sich, „daß etwas mit seinen Ohren war. Nach der Art, wie er sie verdeckt hielt... Wie sahen sie aus?"

Ich war überzeugt, daß seine Unwissenheit gespielt war. Und doch konnte ich dem Mann nicht gut sagen, daß ich ihn für einen Lügner hielt. „Spitz", sagte ich; „ziemlich klein und pelzig — ausgesprochen pelzig. Aber der ganze Mann ist eines der seltsamsten Wesen, die mir je vor Augen gekommen sind."

Ein scharfer, heiserer Schrei tierischen Schmerzes drang aus dem Hof hinter uns. Die Tiefe und die Lautstärke ließen auf den Puma schließen. Ich sah Montgomery zusammenzucken.

„Ja?“ sagte er.

„Wo haben Sie das Geschöpf aufgelesen?“

„Err — San Francisco... Er ist ein häßliches Vieh, das gebe ich zu. Mit halbem Verstand, wissen Sie. Kann sich nicht besinnen, wo er hergekommen ist. Aber ich bin an ihn gewöhnt, wissen Sie. Wir beide. Was für 'nen Eindruck macht er Ihnen?“

„Er ist unnatürlich“, sagte ich. „Er hat etwas... Halten Sie mich nicht für albern, aber ich habe ein scheußliches Gefühl, meine Muskeln ziehen sich zusammen, wenn er mir nahe kommt. Es ist etwas ... kurz, er hat etwas Teuflisches.“

Montgomery hatte mit dem Essen aufgehört, während ich dies sagte. „Komisch“, sagte er. „Das kann ich nicht finden.“

Er begann wieder zu essen. „Ich hatte keine Ahnung davon“, sagte er kauend. „Die Mannschaft auf dem Schoner ... muß auch so empfunden haben... Hetzten den armen Teufel... Haben Sie den Kapitän gesehen?“

Plötzlich heulte der Puma wieder, diesmal schmerzlicher. Montgomery fluchte leise. Ich hatte Lust, ihn wegen der Leute am Strande anzugehen. Dann stieß das arme Vieh drinnen eine Reihe kurzer, scharfer Schreie aus.

„Ihre Leute am Strande“, sagte ich; „was für eine Rasse ist das?“

„Ausgezeichnete Kerle, nicht wahr?“ erwiderte Montgomery abwesend und runzelte die Stirn, als das Tier scharf aufschrie. Ich sagte nichts mehr. Es folgte ein weiterer Schrei, schlimmer als der vorige. Montgomery sah mich mit seinen stumpfen grauen Augen an und trank noch etwas Whisky. Er versuchte mich in eine Diskussion über den Alkohol zu ziehen und beteuerte, er habe mir damit das Leben gerettet. Er schien Gewicht darauf legen zu wollen, daß ich ihm mein Leben verdankte. Ich antwortete ihm zerstreut. Dann war unser Mahl zu Ende, und das ungestalte Monstrum mit den spitzen Ohren räumte ab. Montgomery ließ mich wieder allein im Zimmer. Er war die ganze Zeit in einem Zustand schlecht beherrschter Gereiztheit über das Geheul des vivisezierten Pumas. Er sprach von seinem merkwürdigen Mangel an Nerven und überließ die auf der Hand liegende Erklärung für diesen Zustand mir.

Ich fand selber, daß die Schreie besonders enervierend waren, und sie nahmen an Tiefe und Intensität zu, als der Nachmittag vorrückte. Ihre beständige Wiederholung störte schließlich mein Gleichgewicht. Ich warf eine Horazübersetzung, in der ich gelesen hatte, hin und begann, die Fäuste zu ballen, mir die Lippen zu beißen und im Zimmer hin und her zu gehen. Dann hielt ich mir die Ohren zu.

Die aufwühlende Wirkung dieser Schreie auf mich wuchs beständig, sie wurden schließlich zu einem so vollendeten Ausdruck des Leidens, daß ich es in dem geschlossenen Raum nicht mehr aushielt. Ich trat aus der Tür in die schläfrige Hitze des Spätnachmittags hinaus, ging am Haupteingang vorbei — der, wie ich sah, wieder verschlossen war — und bog um die Mauerecke.

Das Schreien klang draußen noch lauter. Es war, als hätte aller Schmerz der Welt eine Stimme gefunden. Und doch — hätte ich gewußt, daß im Nebenzimmer solcher Schmerz zugefügt wurde, und wäre er stumm ertragen worden, ich glaube — so habe ich mir seither gedacht — ich hätte es ganz gut aushalten können. Erst, wenn das Leiden Ausdruck findet und unsere Nerven erbeben macht, quält uns das Mitleid. Aber trotz des hellen Sonnenscheins und der grünen Fächer der Bäume, die sich in der kühlenden Seebrise wiegten, schien mir die Welt ein Wirrsal zu sein, besudelt mit schwarzen und roten Phantasmen, bis ich außer Hörweite des Hauses und der bunten Mauer war.

9

UNHEIMLICHE BEGEGNUNGEN

Ich wanderte durch das Gestrüpp, das den Hügel hinter dem Hause bedeckte, und achtete kaum darauf, wohin ich ging. Ich kam durch den Schatten dichter, geradstämmiger Bäume und befand mich alsbald auf der andern Seite des Hügelrückens, wo ich zu einem Bach niederstieg, der durch ein enges Tal floß. Ich stand still und horchte. Die Entfernung oder die dazwischen liegenden Dickichtmassen erstickten jeden Schall, der vielleicht noch aus der Ummauerung drang. Die Luft war still. Dann tauchte raschelnd ein Kaninchen auf und sprang den Hang vor mir hinauf und davon. Ich zögerte und setzte mich an den Rand des Schattens.

Die Stelle war hübsch. Der Bach war in der üppigen Vegetation der Ufer verborgen; nur an einer Stelle sah ich einen dreieckförmigen Ausschnitt seines glitzernden Wassers. Auf der anderen Seite entdeckte ich durch den bläulichen Nebel hindurch eine Wildnis von Bäumen und Schlinggewächsen und darüber das leuchtende Blau des Himmels. Hier und dort bezeichnete ein weißer oder roter Fleck die Blüte einer Luftpflanze. Ich ließ meine Augen eine Zeitlang über diese Szenerie wandern, und dann begann ich von neuem an die sonderbaren Eigenheiten von Montgomerys Diener zu denken. Aber es war zu heiß, um zusammenhängend zu denken; und bald verfiel ich in einen unruhigen Dämmerzustand zwischen Schlafen und Wachen.

Daraus weckte mich nach ich weiß nicht wie langer Zeit ein Rascheln in den Büschen am anderen Ufer. Einen Moment lang sah ich nichts als die wogenden Spitzen der Farne und Kräuter. Dann erschien plötzlich etwas am Ufer des Baches — erst konnte ich nicht erkennen, was es war. Es beugte den Kopf zum Wasser und begann zu trinken. Dann sah ich, daß es ein Mensch war, der wie ein Tier auf allen vieren ging!

Er war in bläuliches Tuch gekleidet, hatte kupferfarbene Haut und schwarzes Haar. Es schien, als wäre groteske Häßlichkeit das unabänderliche Merkmal dieser Insulaner. Ich konnte das Schlürfen der Lippen hören, als der Mensch trank.

Ich beugte mich vor, um ihn besser zu sehen, und ein Stück Lava, das meine Hand gelöst hatte, kollerte den Hang hinunter. Er blickte schuldbewußt auf, und seine Augen begegneten den meinen. Sofort sprang er auf die Füße, wischte sich mit seiner plumpen Hand den Mund und sah mich an. Seine Beine waren kaum halb so lang wie sein Rumpf. Wir starrten uns verwirrt an und verharrten so wohl eine Minute lang. Dann schlich der Kerl durch die Büsche rechts von mir davon, wobei er ein- oder zweimal stehenblieb, um zurückzublicken; ich hörte das Geräusch des Laubes in der Ferne schwächer werden und ersterben. Noch lange, nachdem er verschwunden war, blieb ich sitzen und starrte in die Richtung, die er eingeschlagen hatte. Meine schläfrige Ruhe war fort.

Ich erschrak über ein Geräusch hinter mir, wandte mich plötzlich um und sah den nickenden weißen Schwanz eines Kaninchens den Hang hinauf verschwinden. Ich sprang auf die Füße.

Die Erscheinung dieses grotesken, halbtierischen Geschöpfes vorhin hatte mir plötzlich die Stille des Nachmittags bevölkert. Ich sah mich ziemlich nervös um und bedauerte, daß ich unbewaffnet war. Dann fiel mir ein, daß der Mensch, den ich eben gesehen hatte, in bläuliches Tuch gekleidet war, daß er nicht nackt war, wie es ein Wilder gewesen wäre, und ich versuchte mir deshalb einzureden, daß er wahrscheinlich doch ein friedlicher Charakter sein müsse, trotz der stumpfen Wildheit seines Gesichts.

Und doch hatte mich die Erscheinung stark beunruhigt. Ich ging den Hang nach links hinauf, wendete den Kopf und blickte zwischen den Baumstämmen durch. Warum sollte ein Mensch auf allen vieren gehen und mit seinen Lippen trinken? Gleich darauf hörte ich wieder ein tierisches Klagen, und da ich es für das des Pumas hielt, wandte ich mich um und ging in der dem Schall diametral entgegengesetzten Richtung davon. Das führte mich zum Bach hinunter, den ich überschritt; und dann bahnte ich mir einen Weg durch das Unterholz.

Mich erschreckte ein großer, lebhafter Scharlachfleck am Boden, und als ich ihn näher betrachtete, sah ich, daß es eine sonderbare Schwammart war, verästelt und runzlig wie eine blättrige Flechte; aber bei der Berührung zerfloß sie zu Schleim. Und dann traf ich im Schatten einiger Farne auf etwas Unerfreuliches, den Leichnam eines Kaninchens, der mit glitzernden Fliegen bedeckt, aber noch warm war; der Kopf war abgerissen. Ich blieb beim Anblick des verspritzten Blutes erschrocken stehen. Hier zumindest war einer der Besucher der Insel umgebracht worden!

Spuren weiterer Gewalttat gab es nicht. Es sah aus, als sei das Kaninchen plötzlich angegriffen und getötet worden. Und als ich die kleine Leiche anstarrte, überlegte ich, wie die Sache wohl geschehen war. Die unbestimmte Angst, die ich verspürte, seit ich das unmenschliche Gesicht des Mannes am Bach gesehen hatte, wurde deutlicher, als ich dort stand. Ich erkannte, wie verwegen ich gewesen war, mich unter dieses unbekannte Volk zu wagen. Das Dickicht rings verwandelte sich in meiner Phantasie. Jeder Schatten wurde ein Hinterhalt, jedes Rascheln eine Drohung. Unsichtbare Wesen schienen mich zu beobachten.

Ich beschloß, zur Ummauerung am Strande zurückzukehren. Ich drehte mich plötzlich um und brach heftig — vielleicht sogar rasend — durch die Büsche, begierig, wieder offenen Raum vor mir zu haben.

Ich hielt gerade rechtzeitig inne, um nicht auf eine Lichtung hinauszulaufen, die vom Sturz eines Baumes herrührte; Sämlinge schossen schon hoch und rangen um den leeren Raum, und dahinter hatte sich das Dickicht von Stämmen, Schlingpflanzen und Schwamm und Blütenflecken schon wieder geschlossen. Vor mir, auf den morschen Überresten eines riesigen, gestürzten Baums, hockten, noch ohne meine Nähe zu ahnen, drei groteske menschliche Gestalten. Eine war offenbar weiblich. Die beiden anderen waren Männer. Sie waren nackt, bis auf scharlachfarbene Tuchbinden um die Mittelpartie, und ihre Haut war von stumpfer, rötlichgrauer Farbe, wie ich sie noch bei keinem Wilden gesehen hatte. Sie hatten fette, grobe Gesichter ohne Kinn, fliehende Stirnen und spärliches, borstiges Haar auf den Köpfen. Nie hatte ich bestialischer aussehende Geschöpfe gesehen.

Sie sprachen, oder wenigstens einer der Männer sprach zu den beiden anderen, und alle drei waren zu vertieft gewesen, um auf das Rascheln zu achten, als ich näher kam. Sie wiegten Köpfe und Schultern. Die Worte des Sprechers sprudelten rasch und schlampig hervor, und obgleich ich sie deutlich hören konnte, konnte ich nicht verstehen, was der Mann sagte. Er schien mir ein kompliziertes Rotwelsch zu sprechen. Plötzlich wurde seine Artikulation schriller; er breitete die Hände aus und erhob sich.

Da begannen die anderen im Chor zu schwätzen, während sie gleichfalls aufstanden, die Hände ausbreiteten und sich im Rhythmus ihres Singsangs hin und her wiegten. Mir fiel die abnorme Kürze ihrer Beine und die Plumpheit und Schlaffheit ihrer Füße auf. Alle drei begannen sich langsam im Kreis zu bewegen und mit den Füßen zu stampfen und die Arme zu schwingen; eine Art Melodie schlich sich in ihre rhythmische Rezitation, und ein Refrain — er klang etwa wie „Alula" oder „Balula". Ihre Augen begannen zu funkeln, und ihre häßlichen Gesichter erhellten sich und zeigten den Ausdruck einer unheimlichen Freude. Aus ihren lippenlosen Mündern tropfte Speichel.

Plötzlich, als ich noch ihre grotesken und unerklärlichen Gesten beobachtete, merkte ich zum erstenmal klar, was mich so verstört hatte, was mir die beiden unvereinbaren und widerstreitenden Eindrücke äußerster Fremdartigkeit und seltsamster Vertrautheit vermittelt hatte. Die drei mit diesem geheimnisvollen Ritus beschäftigten Geschöpfe besaßen zwar menschliche Gestalt, erinnerten jedoch auf die seltsamste Weise an Haustiere. All diese Geschöpfe trugen trotz ihrer menschlichen Form und trotz der Andeutung von Kleidung in sich, in ihre Bewegungen, in den Ausdruck ihrer Gesichter, in ihr ganzes Wesen hinein verwoben, das unverkennbare Zeichen eines Tiers: immer wieder mußte ich bei ihrem Anblick an Schweine denken.

Ich stand da, überwältigt von dieser verblüffenden Entdeckung, und dann stürzten die furchtbarsten Fragen auf mich ein. Die Geschöpfe begannen in die Luft zu springen, erst eines und dann auch die anderen; sie schrien und grunzten. Dann glitt eines aus und stand einen Moment auf allen vieren; freilich erhob es sich sofort. Aber der flüchtige Blick auf das echte Tiertum dieser Ungeheuer war genug.

Ich wandte mich so geräuschlos wie möglich um, und erstarrte vor Angst, entdeckt zu werden, jedesmal, wenn ein Zweig knackte oder ein Blatt raschelte, als ich in die Büsche zurückwich. Es dauerte lange, ehe ich kühner wurde und mich frei zu bewegen wagte.

Mein einziger Gedanke war im Moment, von diesen widrigen Wesen fortzukommen, und ich achtete nicht darauf, daß ich auf einen kaum erkennbaren Pfad zwischen den Bäumen geraten war. Dann, als ich plötzlich über eine kleine Lichtung kam, sah ich mit unangenehmem Schreck zwei plumpe Beine zwischen den Bäumen, die mit geräuschlosen Schritten parallel zu meinem Weg gingen. Kopf und Oberleib waren hinter einem Gewirr von Schlingpflanzen verborgen. Ich blieb unvermittelt stehen. Die Füße ebenfalls. Ich war so nervös, daß ich den Impuls zu jäher Flucht nur mit größter Mühe beherrschte.

Dann blickte ich scharf hin und erkannte durch das verschlungene Netzwerk Kopf und Rumpf des Viehs, das ich hatte trinken sehen. Es bewegte den Kopf. In seinen Augen blitzte es smaragden, als es mich aus dem Schatten der Bäume heraus ansah, ein Aufleuchten, das verschwand, als es den Kopf wieder wandte. Es stand einen Moment regungslos, und dann begann es mit geräuschlosen Füßen durch die grüne Wirrnis zu laufen. Im nächsten Moment war es hinter einigen Büschen verschwunden. Ich konnte es nicht sehen, aber ich fühlte, daß es stehengeblieben war und mich wieder beobachtete.

Was um alles in der Welt war das — Mensch oder Tier? Was wollte es von mir? Ich hatte keine Waffe, nicht einmal einen Stock. Flucht wäre Wahnsinn gewesen. Auf jeden Fall fehlte dem Wesen der Mut, mich anzugreifen. Ich biß die Zähne zusammen und ging gerade darauf zu. Ich wollte ihm die Furcht nicht zeigen, die mir das Rückgrat lähmte. Ich zwängte mich durch ein Dickicht großer, weißblütiger Büsche und sah das Ungeheuer zwanzig Meter dahinter; es blickte mich über die Schulter an und zögerte. Ich ging einen oder zwei Schritte weiter und sah ihm fest in die Augen.

„Wer bist du?" fragte ich. Es versuchte, meinem Blick zu begegnen.

„Nein!" sagte es plötzlich, wandte sich und sprang von mir fort ins Unterholz. Dann wandte es sich von neuem und starrte mich an. Seine Augen glänzten hell aus der Dämmerung unter den Bäumen.

Mir klopfte das Herz im Halse, aber ich fühlte, daß meine einzige Chance Verwegenheit war, und ich ging unverwandt auf das Wesen zu. Es wandte sich wieder und verschwand im dunklen Gesträuch. Noch einmal meinte ich, das Glitzern seiner Augen zu erkennen. Doch dann war da nichts mehr.

Zum ersten Male wurde mir klar, welche Folgen die späte Stunde für mich haben konnte. Die Sonne war schon seit einigen Minuten untergegangen, die schnelle Dämmerung der Tropen verblich am östlichen Himmel, und ein erster Nachtfalter flatterte mir still am Kopf vorbei. Wollte ich nicht die Nacht inmitten der unbekannten Gefahren des geheimnisvollen Waldes verbringen, so mußte ich zur Ummauerung zurückeilen.

Der Gedanke an eine Rückkehr in diese schmerzerfüllte Zuflucht war mir äußerst zuwider, aber noch unangenehmer war der, im Freien von der Dunkelheit überrascht zu werden, und von allem, was dieses Dunkel verbergen mochte. Ich warf noch einen Blick in die blauen Schatten, die dieses merkwürdige Geschöpf verschlungen hatten, und suchte dann den Weg hinunter zum Bach zurück, wobei ich, meiner Meinung nach, die Richtung einschlug, aus der ich gekommen war.

Ich strebte, von all diesen Dingen beunruhigt, ungeduldig vorwärts und befand mich plötzlich auf einem ebenen Platz unter zersplitterten Bäumen. Die farblose Klarheit, die der Sonnenuntergangsröte folgt, wurde dunkler. Der blaue Himmel färbte sich intensiver, und die kleinen Sterne erschienen einer nach dem anderen; die Zwischenräume zwischen den Bäumen, die Lücken im Busch, die im blauen Tageslicht nebelblau gewesen waren, wurden schwarz und geheimnisvoll.

Ich eilte weiter. Jede Farbe verlosch. Die Baumwipfel hoben sich tintenschwarz von dem leuchtendblauen Himmel ab, und alles, was sich darunter befand, verschmolz in gestaltlosem Dunkel. Dann wurden die Bäume spärlicher, das strauchige Unterholz üppiger. Schließlich kam ich auf eine einsame Lichtung, die mit weißem Sand bedeckt war, und dann folgte wieder eine Strecke verwachsenen Buschwerks.

Ich erschrak von einem leisen Rascheln zu meiner rechten Hand. Erst dachte ich, es sei Einbildung, denn sooft ich stillestand, war alles ruhig, nur die Abendbrise strich durch die Baumwipfel. Wenn ich dann wieder weiterging, folgte meinen Schritten etwas wie ein Echo.

Ich zog mich vom Dickicht zurück, hielt mich auf offenem Grund und versuchte hin und wieder dieses Wesen, wenn es existierte, durch plötzliche Wendungen zu überraschen, sobald es auf mich zuschlich. Ich sah nichts, und trotzdem wuchs das Gefühl, daß noch jemand da war, beständig. Ich ging schneller und kam nach einiger Zeit zu einem sanften Hügelrücken; ich überschritt ihn, wandte mich scharf und blickte von der anderen Seite unverwandt hinauf. Der Rand stand schwarz und scharfumrissen vor dem dunklen Himmel.

Und gleich darauf schob sich einen Moment eine unförmige Masse vor die Himmelslinie und verschwand wieder. Ich war überzeugt, daß mich mein braungesichtiger Gegner neuerlich beschlich. Und zugleich damit erhielt ich die unangenehme Gewißheit, daß ich den Weg verloren hatte.

Eine Zeitlang eilte ich, von den unsichtbaren Schritten verfolgt, in hoffnungsloser Ungewißheit weiter. Was es auch war, dem Wesen fehlte es entweder an Mut, mich anzugreifen, oder es wartete, um mich an einer günstigen Stelle zu packen. Ich hielt mich sorgsam auf offenem Terrain. Ab und zu drehte ich mich um und horchte, und dann versuchte ich mir einzureden, daß mein Verfolger die Jagd aufgegeben habe oder nichts als ein Geschöpf meiner aufgeregten Phantasie sei. Da hörte ich das Rauschen des Meeres. Ich beschleunigte meine Schritte, dann lief ich, und sofort hörte ich hinter mir ein Stolpern.

Ich wandte mich plötzlich und starrte auf die Bäume hinter mir. Ein schwarzer Schatten schien sich mit einem anderen zu vereinigen. Ich horchte starr und hörte nichts als das Pochen des Blutes in meinen Ohren. Ich dachte, meine Nerven seien abgespannt und meine Phantasie täusche mich; ich wandte mich entschlossen wieder dem Rauschen des Meeres zu.

Nach etwa einer Minute erreichte ich eine kahle niedrige Landzunge, die in das düstere Wasser hineinragte. Die Nacht war ruhig und klar, und der Widerschein der Sterne zitterte im ruhigen Heben des Meeres. Eine Strecke weit draußen leuchtete die Brandung auf einem unregelmäßigen Band von

Riffen in einem bleichen, eigenartigen Licht. Ich sah, wie sich im Westen das Zodiakallicht mit dem gelben Glanz des Abendsterns mischte. Die Küste fiel gegen Osten ab, und nach Westen zu war sie durch den Rücken des Vorgebirges verborgen. Dann besann ich mich auf die Tatsache, daß der Strand bei Moreaus Haus nach Westen lag.

Hinter mir brach ein Ast, und ich hörte ein Rascheln. Ich wandte mich um und stand vor den dunklen Bäumen. Ich konnte nichts sehen — und dennoch sah ich zuviel. Jeder Umriß im Dunkel wurde zu einer unheilvollen, lauernden Gestalt. So stand ich vielleicht eine Minute lang, und dann wandte ich mich, immer noch mit einem Auge auf den Bäumen, nach Westen, um über die Landzunge hinüberzugehen. Und sowie ich mich bewegte, bewegte sich auch einer der Schatten und folgte mir.

Mein Herz schlug rasch. Dann wurde die weite Fläche einer sich nach Westen öffnenden Bucht sichtbar und ich stand wieder still. Der geräuschlose Schatten hielt ein Dutzend Meter hinter mir. Ein kleiner Lichtpunkt glänzte an der ferneren Biegung des Ufers, und die graue Fläche der Sandbucht lag blaß unter dem Sternenlicht. Vielleicht zwei Meilen weit weg war jener kleine Lichtpunkt. Um an den Strand zu kommen, mußte ich durch den Wald gehen, wo die Schatten lauerten, und dann einen mit Sträuchern bewachsenen Hang hinunter.

Ich konnte das Wesen jetzt etwas deutlicher

sehen. Es war kein Tier, denn es stand aufrecht. Da öffnete ich den Mund zum Sprechen und entdeckte, daß mir Schleim die Stimme erstickte. Ich versuchte es noch einmal und rief: „Wer ist da?“ Es kam keine Antwort. Ich ging einen Schritt weiter. Das Wesen rührte sich nicht; spannte nur jeden Muskel. Mein Fuß stieß an einen Stein.

Da kam mir eine Idee. Ohne die Augen von der schwarzen Gestalt vor mir abzuwenden, bückte ich mich und hob den Stein auf. Aber bei meiner Bewegung wandte sich das Wesen unvermittelt, wie ein Hund, und schlich schräg ins Dunkel hinein. Dann fiel mir ein Schuljungenmittel gegen große Hunde ein; ich knotete den Stein in mein Taschentuch und schlang es mir ums Handgelenk. Ich hörte eine Bewegung im Unterholz, als ob das Wesen auf dem Rückzug sei. Da ließen meine Anspannung und Erregung plötzlich nach; ich brach in Schweiß aus und begann zu zittern, als mein Gegner floh, und ich diese Waffe in der Hand hatte.

Es dauerte einige Zeit, ehe ich den Entschluß fassen konnte, durch die Bäume und Büsche an der Flanke der Landzunge zum Strand hinunterzugehen. Schließlich lief ich los, und als ich aus dem Dickicht auf den Sand hinausrannte, hörte ich jemand anderen mir krachend nachstürzen.

Da verlor ich vor Angst vollständig den Kopf und begann den Sand entlang zu laufen. Sofort hörte ich das schnelle Geräusch weicher verfolgender Füße. Ich stieß einen wilden Schrei aus und verdoppelte meine Geschwindigkeit. Ein paar dunkle, schwarze Wesen, etwa drei- oder viermal so groß wie Kaninchen, hüpften vom Strand zu den Büschen hinauf, als ich vorüberlief. Solange ich lebe, werde ich an das Grauen dieser Jagd denken. Ich lief nah am Rande des Wassers und hörte von Zeit zu Zeit das Klatschen der Füße, die mich einholten. Fern, hoffnungslos fern war das gelbe Licht. Die Nacht um mich herum war schwarz und still. Klatsch, klatsch, kamen die Füße näher. Ich fühlte, wie mir die Luft ausging, denn ich war völlig untrainiert; der Atem pfiff, wenn ich ihn einzog, und in der Seite fühlte ich messerscharfen Schmerz. Ich wußte, das Wesen würde mich längst, ehe ich die Ummauerung erreichte, einholen — und verzweifelt und nach Atem ringend drehte ich mich um, stürzte darauf zu und traf es, als es herankam — traf es mit all meiner Kraft. Der Stein rutschte dabei aus der Schlinge heraus.

Als ich mich umwandte, erhob sich das Geschöpf, das auf allen vieren gelaufen war, und das Geschoß schlug genau gegen seine linke Schläfe. Der Schädel dröhnte laut und der Tiermensch stürzte auf mich zu, warf mich mit den Händen zurück, stolperte an mir vorbei und stürzte kopfüber auf den Sand, mit dem Gesicht ins Wasser. Und dort blieb er liegen.

Ich konnte mich nicht dazu überwinden, mich dem schwarzen Haufen zu nähern. Ich ließ ihn dort liegen, wo das Wasser sich unter den stillen

Sternen um ihn herum kräuselte, und setzte meinen Weg fort, auf das gelbe Licht des Hauses zu. Und dann hörte ich plötzlich mit Erleichterung das jämmerliche Klagen des Pumas, das Geräusch, das mich ursprünglich hinausgetrieben hatte, diese geheimnisvolle Insel zu erforschen. Obgleich ich schwach und furchtbar ermattet war, nahm ich all meine Kraft zusammen und begann wieder, auf das Licht zuzulaufen. Mir war, als riefe mich eine Stimme.

10

DER SCHREI DES MENSCHEN

Als ich mich dem Hause näherte, sah ich, daß das Licht aus der offenen Tür meines Zimmers drang; und dann hörte ich aus dem Dunkel neben dem gelben Viereck Montgomery rufen: „Prendick."

Ich lief weiter. Gleich darauf hörte ich ihn wieder. Ich antwortete mit einem schwachen „Hallo!" und im nächsten Moment war ich bis zu ihm hingestolpert.

„Wo sind Sie gewesen?" fragte er und hielt mich in Armeslänge von sich weg, so daß mir das Licht aufs Gesicht fiel. „Wir haben beide so viel zu tun gehabt, daß wir Sie bis vor einer halben Stunde vergessen hatten."

Er führte mich ins Zimmer und setzte mich in den Schiffsstuhl. Eine Zeitlang war ich vom Licht geblendet. „Wir dachten nicht, daß Sie sich aufmachen würden, um unsere Insel zu erforschen, ohne daß Sie es uns sagen", meinte er. Und dann: „Ich hatte Angst! Aber ... was... Hallo!"

Denn meine letzte Kraft wich von mir, und mir fiel der Kopf vorn auf die Brust. Ich glaube, er empfand eine gewisse Befriedigung, als er mir

Brandy gab: „Um Gottes willen“, sagte ich, „machen Sie die Tür zu.“

„Sie sind ein paar von unseren Kuriositäten begegnet, eh?“ fragte er. Er verschloß die Tür und wandte sich mir wieder zu. Er stellte mir keine Fragen, aber er gab mir noch etwas Brandy mit Wasser und drängte mich, zu essen. Ich war am Rande des Zusammenbruchs. Montgomery erklärte vage, er habe vergessen, mich zu warnen, und fragte mich kurz, wann ich das Haus verlassen und was ich gesehen hätte. Ich antwortete ihm ebenso kurz in fragmentarischen Sätzen. „Sagen Sie mir, was das alles bedeutet“, bat ich, dem Weinen nahe.

„Es ist nichts wirklich Furchtbares“, sagte er. „Aber mir scheint, Sie haben für einen Tag genug gehabt.“ Der Puma stieß plötzlich einen scharfen Schmerzensschrei aus. Da fluchte er leise. „Ich laß mich hängen“, sagte er, „wenn's hier nicht ebenso schlimm ist wie in der Gower Street — mit den Katzen.“

„Montgomery“, fragte ich, „was war das für ein Wesen, das mir nachkam? War es ein Tier oder war es ein Mensch?“

„Wenn Sie heut' nacht nicht schlafen“, antwortete er, „haben Sie morgen früh den Verstand verloren.“

Ich stand auf. „Was war das für ein Wesen, das mir nachkam?“ fragte ich.

Er blickte mir gerade in die Augen und verzog den Mund. Seine Augen, die eine Minute zuvor lebhaft ausgesehen hatten, wurden stumpf. „Nach Ihrer Beschreibung“, sagte er, „scheint mir, war es ein Popanz.“

Ich fühlte eine stürmische Gereiztheit, die so rasch verging, wie sie gekommen war. Ich warf mich wieder in den Stuhl und preßte die Hände gegen die Stirn. Der Puma heulte von neuem.

Montgomery trat von hinten auf mich zu und legte mir die Hand auf die Schulter. „Hören Sie, Prendick“, sagte er. „Ich hatte nicht vor, Sie allein auf diese unsere alberne Insel hinauswandern zu lassen. Aber es ist nicht so schlimm, wie's Ihnen scheint, Mann. Ihre Nerven sind in Fetzen. Ich will Ihnen etwas geben, damit Sie schlafen. Das ... das wird noch stundenlang so weitergehen. Sie müssen einfach schlafen, sonst garantiere ich für nichts.“

Ich antwortete nicht. Ich beugte mich nach vorn und bedeckte das Gesicht mit den Händen. Gleich darauf kam er mit einer dunklen Flüssigkeit zurück. Die gab er mir. Ich nahm sie ohne Widerstand, und er half mir in die Hängematte.

Als ich aufwachte, war es heller Tag. Eine Zeitlang blieb ich liegen und starrte auf das Dach über mir. Die Sparren, bemerkte ich, waren aus Schiffsrippen gemacht. Dann drehte ich den Kopf und sah ein Mahl für mich auf dem Tisch bereit. Ich merkte, daß ich hungrig war, und wollte aus der Hängematte herausklettern; sie kam meiner Absicht zuvor, drehte sich um, und ich landete auf allen vieren auf dem Boden.

Ich stand auf und setzte mich an den Tisch. Ich hatte ein Gefühl der Schwere im Kopf und zunächst nur die unbestimmteste Erinnerung an die Dinge, die am Abend vorher geschehen waren. Die Morgenbrise blies erfrischend durch das Fenster, und das Frühstück vermehrte die Empfindung physischen Behagens. Plötzlich öffnete sich die Tür hinter mir, die innere Tür, die in den ummauerten Hof führte. Ich wandte mich und sah Montgomerys Gesicht. „In Ordnung?“ fragte er. „Ich hab' furchtbar viel zu tun.“ Und er schloß die Tür wieder. Nachher entdeckte ich, daß er sie zu versperren vergessen hatte.

Dann besann ich mich auf seinen Gesichtsausdruck am Abend vorher, und damit wurde die Erinnerung an alles, was ich erlebt hatte, wieder ganz klar. Gerade, als ich wieder Furcht empfand, hörte ich einen Schrei von drinnen. Aber diesmal war es nicht der Schrei eines Pumas.

Ich legte den Bissen nieder, den ich eben an die Lippen führte, und horchte. Stille — nur die Morgenbrise flüsterte. Ich dachte also, meine Ohren hätten mich getäuscht.

Nach einer langen Pause begann ich wieder zu essen, war aber immer noch gespannt. Dann hörte ich etwas anderes, sehr schwach und leise; dennoch wühlte es mich tiefer auf als alles, was ich bisher von den Greueln hinter der Mauer gehört hatte. Diesmal war ein Irrtum über die dumpfen, gebrochenen Töne nicht möglich, ebensowenig ein Zweifel über ihren Ursprung; denn es war ein

Stöhnen, das von Schluchzen und qualvollem Keuchen unterbrochen wurde. Diesmal war es kein Tier. Es war ein menschliches Wesen auf der Folter.

Und als mir das klar war, stand ich auf, war in drei Schritten durchs Zimmer, faßte den Griff der Tür zum Hof und stieß sie auf.

„Prendick, Mann! Halt!" rief Montgomery dazwischenspringend. Ein erschreckter Hund bellte auf und knurrte. Ich sah Blut in der Abflußrinne, teils braun, teils scharlachrot, und ich roch den eigentümlichen Geruch der Karbolsäure. Dann sah ich durch eine offene Tür im gedämpften Licht eine unförmige Masse, die mühsam auf ein Rahmenwerk gebunden war: vernarbt, rot und bandagiert. Und dann erschien, diesen Anblick verdeckend, das Gesicht des alten Moreau, weiß und furchtbar.

Im Nu hatte er mich mit einer Hand, die rot besudelt war, an der Schulter gefaßt, herumgedreht und kopfüber in mein Zimmer zurückgeschleudert. Er hob mich hoch, als wäre ich ein kleines Kind. Ich fiel zu Boden, und die Tür schlug zu und verbarg mir sein erregtes und verzerrtes Gesicht. Dann hörte ich, wie der Schlüssel im Schloß gedreht wurde und Montgomery schimpfte.

„Die Arbeit eines Lebens ruinieren!" hörte ich Moreau sagen.

„Er versteht nichts", sagte Montgomery, und noch anderes, was nicht zu hören war.

„Ich habe jetzt keine Zeit", sagte Moreau.

Den Rest hörte ich nicht. Ich stand auf und zitterte; mein Geist wurde von den furchtbarsten Ahnungen durchzuckt. War es möglich, dachte ich, daß Moreau Menschen vivisezierte? Die Frage traf mich wie ein Blitz aus heiterem Himmel. Und plötzlich verdichtete sich das Grauen in meiner Seele zu einer lebhaften Empfindung der Gefahr, in der ich mich befand.

11

DIE JAGD AUF DEN MENSCHEN

Mir fiel ein, daß die äußere Tür meines Zimmers noch offenstand, was meine Hoffnung auf Rettung unvernünftig belebte. Ich war jetzt überzeugt, absolut überzeugt, daß Moreau ein menschliches Wesen vivisezierr hatte. Die ganze Zeit über, seit ich seinen Namen gehört hatte, hatte ich versucht, das groteske Tiertum der Insulaner mit seinen Greueln in Verbindung zu bringen; und jetzt, meinte ich, durchschaute ich alles. Moreaus Werke über Blutübertragung fielen mir wieder ein. Diese Geschöpfe, die ich gesehen hatte, waren die Opfer eines scheußlichen Experiments!

Diese elenden Schurken hatten mich nur zurückhalten wollen, um mich mit ihrem gespielten Vertrauen zu ködern, und mir dann ein furchtbareres Schicksal zu bereiten als der Tod, mit Qualen und der scheußlichsten Erniedrigung, die denkbar war — um mich, eine verlorene Seele, ein Tier, den anderen ihrer Kreaturen hinzuzufügen. Ich sah mich nach einer Waffe um. Nichts. Dann drehte ich in einer Eingebung den Schiffsstuhl um, setzte den Fuß darauf und riß die Seitenlatte herunter. Zufällig bekam ich mit dem Holz einen

Nagel heraus, der darinsteckte und der lächerlichen Waffe eine Spur von Gefährlichkeit verlieh. Ich hörte draußen Schritte und stieß die Tür schnell und heftig auf. Montgomery stand keinen Meter davon entfernt. Er hatte die äußere Tür verschließen wollen.

Ich hob meine Nagelstange und schlug gegen sein Gesicht, aber er sprang zurück. Ich zögerte einen Moment, dann wandte ich mich und floh um die Hausecke. „Prendick! Mensch!" hörte ich ihn erstaunt rufen. „Seien Sie kein alberner Esel, Mann!"

Noch eine Minute, dachte ich, und er hätte mich eingeschlossen, meinem Schicksal ausgeliefert wie die Versuchstiere an einer Klinik. Er kam um die Ecke herum, denn ich hörte ihn „Prendick!" rufen. Dann begann er, mir nachzulaufen, wobei er mir allerlei zurief.

Diesmal lief ich blind nach Nordosten, in eine andere Richtung als bei meinem ersten Ausflug. Einmal blickte ich, als ich so den Strand hinauflief, über die Schulter zurück und sah Montgomerys Diener. Ich rannte wütend den Hang hinauf, hinüber, und wandte mich dann nach Osten, in ein felsiges Tal, das auf beiden Seiten mit Gebüsch gesäumt war. Ich lief vielleicht eine Meile ununterbrochen; mein Atem flog und das Blut pochte mir in den Ohren. Als ich nichts mehr von Montgomery und seinem Diener hörte, schlug ich, da ich mich der Erschöpfung nahe fühlte, einen scharfen Haken, nach dem Strande zu, wie mir schien, und legte mich im Schutz eines Rohrgebüsches nieder.

Dort blieb ich lange Zeit, zu ängstlich, um mich zu rühren, ja zu ängstlich, um einen Aktionsplan zu entwerfen. Die Sonne brannte hernieder, und um mich herum, in dieser wilden Landschaft, herrschte Stille; das einzige Geräusch in meiner Nähe war das dünne Summen einiger kleiner Mükken, die mich entdeckt hatten. Dann wurde ich mir eines schläfrigen Schalles bewußt, der wie tiefes Atmen klang — das Rauschen des Meeres auf dem Strande.

Nach etwa einer Stunde hörte ich Montgomery weit im Norden meinen Namen rufen. Darüber begann ich an einen Aktionsplan zu denken. Wie ich jetzt meinte, war diese Insel nur von diesen zwei Vivisektoren und ihren Opfern bewohnt. Ein paar von denen konnten sie, wenn es nötig werden sollte, ohne Zweifel dazu zwingen, sie bei meiner Verfolgung zu unterstützen. Ich wußte, sowohl Moreau wie Montgomery hatten Revolver; und abgesehen von einer schwachen Tannenholzlatte, die mit einem kleinen Nagel beschlagen war — einem Spottbild von einer Keule —, war ich unbewaffnet.

So blieb ich liegen, wo ich lag, bis ich an Essen und Trinken denken mußte. Und in dem Moment ging mir die wirkliche Hoffnungslosigkeit meiner Lage auf. Ich wußte nicht, wie ich etwas zu essen bekommen sollte; ich verstand auch zuwenig von Botanik, um irgendwelche eßbare Wurzeln oder

Früchte zu entdecken. Ich hatte auch kein Hilfsmittel, um die paar Kaninchen auf der Insel zu fangen. Je mehr ich meine Lage bedachte, um so trostloser erschien sie mir. Schließlich fielen mir in meiner Verzweiflung die Tiermenschen ein, denen ich begegnet war. Nacheinander besann ich mich auf alle, die ich gesehen hatte, und versuchte, mich daran zu erinnern, ob einer so ausgesehen hatte, als würde er mir vielleicht helfen.

Dann hörte ich plötzlich einen Hetzhund bellen, und damit wurde mir eine neue Gefahr bewußt. Ich nahm mir wenig Zeit zum Denken, sonst hätten sie mich da gefangen. Ich raffte meine Nagellatte auf und stürzte aus meinem Versteck jäh in Richtung Meer. Ich entsinne mich eines Gebüsches dorniger Pflanzen mit Stacheln, die wie Federmesser stachen. Ich kam blutend und mit zerrissenen Kleidern zu einer kleinen Bucht, die sich nach Norden öffnete. Ich ging, ohne eine Minute zu zögern, geradewegs ins Wasser und stand gleich darauf knietief in einer schwachen Strömung. Ich kletterte schließlich auf dem westlichen Ufer wieder heraus und kroch, während mir das Herz laut schlug, in ein Farndickicht, um den Ausgang abzuwarten. Ich hörte den Hund — es war nur einer — näher kommen und bellen, als er die Dornen erreichte. Dann hörte ich nichts mehr und begann zu glauben, daß ich entkommen war.

Die Minuten vergingen, die Zeit zog sich hin, und schließlich begann mir nach einer Stunde der Sicherheit der Mut zurückzukehren.

Mittlerweile war ich nicht mehr sehr in Angst und fühlte mich nicht mehr so elend. Denn ich hatte gleichsam die Grenze des Schreckens und der Verzweiflung überschritten. Ich fühlte jetzt, daß mein Leben praktisch verloren war, und dieses Gefühl machte mich fähig, alles zu wagen. Ich hatte sogar den Wunsch, von Angesicht zu Angesicht mit Moreau zusammenzutreffen. Und ich entsann mich, daß mir wenigstens noch ein Weg der Flucht vor der Qual offenblieb — sie konnten mich nicht gut daran hindern, mich selbst zu ertränken. Ich hatte beinahe Lust, mich zu ertränken, aber ein merkwürdiger Wunsch, das Abenteuer zu Ende zu sehen, ein wunderliches Zuschauerinteresse an mir selber hielten mich zurück. Ich streckte meine Glieder, die von den Dornenstichen wund waren, aus, und blickte um mich auf die Bäume; und plötzlich fiel mein Auge auf ein schwarzes Gesicht, das mich beobachtete.

Ich sah, daß es das affenartige Geschöpf war, das dem Boot am Strand entgegengekommen war. Der Kerl hing am schrägen Stamm einer Palme. Ich griff nach meinem Stock und sprang vor ihm auf. Er begann zu schwatzen. „Du, du, du“, war alles, was ich zunächst verstehen konnte. Plötzlich ließ er sich vom Baum fallen, bog die belaubten Zweige auseinander und starrte mich neugierig an.

Ich fühlte diesem Geschöpf gegenüber nicht den gleichen Widerwillen, den ich bei meinen Begegnungen mit den anderen Tiermenschen empfunden hatte. „Du“, sagte er, „im Boot.“ Also war er ein Mensch — wenigstens ebensosehr Mensch wie Montgomerys Diener —, denn er konnte reden.

„Ja“, sagte ich, „ich bin im Boot gekommen. Vom Schiff.“

„Oh!“ sagte er, und seine glänzenden, rastlosen Augen musterten mich, meine Hände, den Stock, den ich trug, meine Füße, die zerfetzten Stellen an meinem Rock und die Schnitte und Schrammen, die ich von den Dornen davongetragen hatte. Ihn schien etwas zu verwirren. Seine Augen glitten auf meine Hände zurück. Er hob seine eigene Hand und zählte langsam: „Eins, zwei, drei, vier, fünf — eh?“

Ich begriff noch nicht, was er meinte. Später sollte ich entdecken, daß ein großer Teil dieser Tiermenschen entstellte Hände hatte, denen bisweilen bis zu drei Finger fehlten. Da ich aber damals glaubte, dies sei ein Gruß, so tat ich das gleiche. Er grinste mit ungeheurer Befriedigung. Dann wanderte sein schneller, schweifender Blick wieder umher. Er machte eine rasche Bewegung und verschwand. Die Farne schlugen da, wo er gestanden war, zusammen.

Ich folgte ihm und war erstaunt, ihn mit seinem dürren Arm an einem Strick von Schlingpflanzen schwingen zu sehen, der aus dem Laub oben niederhing. Er wandte mir den Rücken zu.

„Hallo!“ sagte ich.

Er landete mit einem wirbelnden Sprung auf dem Boden und stand vor mir. „Höre“, fragte ich, „wo kann ich etwas zu essen bekommen?"

„Essen!" sagte er. „Essen Menschennahrung jetzt." Und seine Blicke schweiften wieder zu der Lianenschaukel. „Bei den Hütten."

„Aber wo sind die Hütten?"

„Oh!"

„Ich bin neu hier, weißt du."

Da drehte er sich um und ging mit schnellem Schritt davon. Alle seine Bewegungen waren merkwürdig rasch. „Komm mit", sagte er. Ich ging mit ihm, um das Abenteuer zu Ende zu führen. Ich dachte mir, die Hütten, wo er und andere vom Tiervolk wohnten, wären primitive Behausungen. Ich würde die Tiermenschen vielleicht freundlich gesinnt finden, könnte vielleicht von ihrem Geist Besitz ergreifen. Ich wußte noch nicht, wie weit sie das menschliche Erbe vergessen hatten, das ich ihnen zuschrieb.

Mein affenartiger Begleiter trabte neben mir her; seine Hände hingen nieder, sein Kiefer war vorgeschoben. Ich fragte mich, wie es wohl um sein Gedächtnis bestellt sein mochte. „Wie lange bist du schon auf dieser Insel?" fragte ich.

„Wie lange?" sagte er. Und nachdem ich die Frage wiederholt hatte, hielt er drei Finger hoch. Das Geschöpf war nicht viel mehr als ein Idiot. Ich versuchte herauszubekommen, was er damit meinte, und anscheinend bereitete ihm das große Pein. Nach noch einer oder zwei Fragen lief er plötzlich von mir weg und sprang nach einer Frucht, die von einem Baume hing. Er riß eine

Handvoll stachliger Hülsen herunter und ging essend weiter. Das sah ich mit Befriedigung, denn nun wußte ich, wo Nahrung zu finden war. Ich versuchte es noch mit ein paar anderen Fragen, aber er schnatterte rasche Antworten, die meinen Fragen oft ganz entgegenliefen. Ein paar paßten, andere waren wie von einem Papagei.

Ich beobachtete meinen Begleiter so scharf, daß ich kaum auf den Pfad achtete, dem wir folgten. Plötzlich kamen wir zu Bäumen, die ganz verkohlt und braun waren, und dann in eine öde, kahle Gegend, die mit gelbweißer Inkrustation bedeckt war, über die beißender Rauch trieb. Zu unsrer Rechten sah ich über einem nackten Felsrücken die blaue Fläche des Meeres. Der Pfad wand sich plötzlich in eine enge Schlucht, zwischen knotigen Massen schwärzlicher Lava hindurch. Dahinein gingen wir.

Der Gang wirkte nach dem blendenden Sonnenlicht und dem Widerschein vom schwefligen Boden außerordentlich dunkel. Die Wände ragten steil empor, der Pfad wurde immer enger. Grüne und rote Flecken schwammen mir vor den Augen. Mein Führer stand plötzlich still. „Zu Hause", sagte er, und ich stand auf dem Boden eines Schlundes, der mir erst absolut finster erschien. Ich hörte einige seltsame Geräusche und rieb mir mit den Knöcheln der linken Hand die Augen. Ich wurde mir eines üblen Geruchs bewußt, der an einen schlecht gereinigten Affenkäfig erinnerte. Im Hintergrund öffnete sich der Fels wieder auf einen sanften Hang sonnenbeleuchteten Grüns, und zu beiden Seiten drang das Licht durch einen engen Schacht in das Dunkel.

12

DIE SPRECHER DES GESETZES

Dann berührte etwas Kaltes meine Hand. Ich fuhr heftig zusammen und sah dicht vor mir ein blaßrosa Wesen, das den Eindruck eines gescholtenen und verschüchterten Kindes machte. Das Geschöpf hatte die milden, aber abstoßenden Züge eines Faultiers, dieselbe niedere Stirn und die langsamen Bewegungen. Als sich meine Augen an die Dunkelheit gewöhnt hatten, sah ich deutlicher. Das kleine faultierartige Geschöpf stand da und starrte mich an. Mein Führer war verschwunden.

Ich befand mich in einem Gang zwischen hohen Lavamauern; auf beiden Seiten bildeten geflochtene Seegrasmatten, Palmenfächer und Rohre, die gegen den Felsen lehnten, rohe und undurchdringlich dunkle, höhlenartige Verschläge. Der Weg, der sich dazwischen die Schlucht hinaufwand, war kaum drei Ellen breit und mit Haufen von faulendem Fruchtmark und anderem Abfall bestreut. Daher stammte also der unangenehme Gestank.

Das kleine rosige Faultiergeschöpf blinzelte mich noch an, als mein Affenmensch wieder erschien und mir winkte. Unterdessen kroch ein schwerfälliges Ungeheuer aus einer der Höhlen weiter oben in dieser seltsamen Straße, und da stand es nun vor dem hellen Grün im Hintergrund und starrte mich an. Ich zögerte — hatte beinahe Lust, den Weg, den ich gekommen war, zurückzustürzen — und dann faßte ich, entschlossen, das Abenteuer zu Ende zu führen, meinen Nagelstock etwa in der Mitte und folgte meinem Führer nach in das kleine übelriechende Loch.

Es war ein Raum von der Form eines halben Bienenkorbs, und gegen die Felsmauer an der Innenseite war ein Haufen verschiedener Früchte, Kokosnüsse und anderes aufgeschichtet. Einige plumpe Gefäße aus Lava und Holz standen am Boden umher, eins auch auf einem rohgezimmerten Schemel. Feuer gab es keines. Im dunkelsten Winkel der Hütte saß eine unförmige, dunkle Masse, die „He!" grunzte, als ich hereinkam, und mein Affenmensch stand im schwachen Licht der Tür und hielt mir eine gespaltene Kokosnuß hin, als ich in den anderen Winkel kroch und mich hinhockte. Ich nahm sie und begann trotz meiner Angst und der fast unerträglichen Stickigkeit der Höhle so heiter wie möglich daran zu nagen. Das kleine rosige Faultierwesen stand in der Öffnung der Hütte und noch ein anderes Geschöpf mit einem grauen Gesicht und glänzenden Augen starrte ihm über die Schulter.

„He!" tönte es aus dem geheimnisvollen Haufen gegenüber. „Es ist ein Mensch! Es ist ein Mensch!" schwätzte mein Führer. „Ein Mensch, ein Mensch, ein lebendiger Mensch wie ich."

„Hör auf!" sagte die Stimme aus dem Dunkel und grunzte. Ich knabberte in eindrucksvoller Stille an meiner Kokosnuß. Ich spähte scharf in die Dunkelheit, konnte aber nichts erkennen. „Es ist ein Mensch", wiederholte die Stimme. „Will er bei uns leben?" Es war eine heisere Stimme mit einem eigenartigen, pfeifenden Beiklang, aber die englische Aussprache war merkwürdig gut.

Der Affenmensch sah mich an, als erwarte er eine Antwort auf die Frage. „Er will bei euch leben", sagte ich.

„Es ist ein Mensch. Er muß das Gesetz lernen."

Allmählich nahm die unförmige Masse vor mir Gestalt an: dieses Geschöpf schien bucklig zu sein. Dann sah ich, daß der Eingang von zwei weiteren Köpfen verdunkelt wurde. Meine Hand faßte den Stock fester. Das Wesen im Dunkel wiederholte lauter: „Sage die Worte." Ich hatte seine letzte Bemerkung überhört. „Nicht auf allen vieren gehen, das ist das Gesetz." Es wiederholte sie in einer Art Singsang.

Ich war verwirrt. „Sage die Worte", erklärte auch der Affenmensch, und die Gestalten am Eingang stimmten drohend mit ein. Ich merkte, daß ich diese idiotische Formel wiederholen mußte. Und dann begann eine wahnsinnige Zeremonie. Die Stimme im Dunkel intonierte Zeile für Zeile eine tolle Litanei, und ich und die anderen mußten sie nachsagen. Dabei wiegten sie sich hin und her und schlugen mit den Händen auf die Knie, und ich folgte ihrem Beispiel. Mir war, als sei ich tot und befände mich in einer anderen Welt. Die Dunkelheit, nur hie und da ein Lichtfleck, diese grotesken, undeutlichen Gestalten, und alle wiegten sich im Chor und sangen:

„Nicht auf allen vieren gehen; das ist das Gesetz. Sind wir nicht Menschen?"

„Nicht das Wasser schlürfen; das ist das Gesetz. Sind wir nicht Menschen?"

„Weder Fleisch noch Fisch essen; das ist das Gesetz. Sind wir nicht Menschen?"

„Nicht von Bäumen Rinde reißen; das ist das Gesetz. Sind wir nicht Menschen?"

„Keine anderen Menschen jagen; das ist das Gesetz. Sind wir nicht Menschen?"

Und so fort, vom Verbot dieser Akte der Torheit bis zu dem, was ich damals für das denkbar Tollste, Unmöglichste hielt. Eine Art rhythmischer Begeisterung befiel uns alle; wir schwätzten und wiegten uns schneller und wiederholten dieses erstaunliche Gesetz. Äußerlich hatte mich die Raserei dieser Tiermenschen erfaßt, aber tief in mir rangen Gelächter und Ekel miteinander. Eine lange Liste von Verboten wurde vorgetragen, und dann änderte sich die Litanei:

„*Sein* ist das Haus des Schmerzes."

„*Sein* ist die Hand, die schafft."

„*Sein* ist die Hand, die verwundet."

„*Sein* ist die Hand, die heilt."

Und so eine neue lange Serie hindurch, meist für mich ganz unverständliches Zeug über *ihn,* wer er auch sein mochte. Mir kam das alles vor wie ein Traum, aber noch nie hatte ich im Traum Gesang gehört.

„*Sein* ist der Blitz", sangen wir. „*Sein* ist das tiefe, salzige Meer."

Mir kam der furchtbare Gedanke, Moreau könne, nachdem er diese Menschen in Tiere verwandelt hatte, in ihre verkümmerten Gehirne das Gebot der Vergötterung seiner Person eingepflanzt haben. Aber ich sah zu deutlich rings um mich weiße Zähne und starke Klauen, als daß ich darum mit dem Singen aufgehört hätte. „*Sein* sind die Sterne am Himmel."

Schließlich war der Gesang zu Ende. Ich sah das Gesicht des Affenmenschen vor Schweiß glänzen, und da meine Augen nun ans Dunkel gewöhnt waren, sah ich die Gestalt im Winkel deutlicher. Sie war groß wie ein Mensch, aber wie ein Skye-Pinscher mit stumpfem grauem Haar bedeckt. Was war sie? Was waren sie alle? Stellen Sie sich vor, Sie wären von den furchtbarsten Krüppeln und Wahnsinnigen umgeben, die man ersinnen kann, und Sie werden ein wenig von meinen Empfindungen verstehen, als mich diese grotesken Karikaturen umringten.

„Er ist ein Fünfmensch, ein Fünfmensch, ein Fünfmensch ... wie ich", sagte der Affenmensch.

Ich hielt meine Hände hin. Das graue Geschöpf im Winkel beugte sich vor. „Nicht auf allen vieren laufen; das ist das Gesetz. Sind wir nicht Menschen?" fragte er. Er streckte eine seltsam entstellte Klaue aus und betastete meine Finger. Sie fühlte sich beinahe wie der Huf eines Hirsches an. Ich hätte vor Überraschung und Schmerz aufschreien mögen. Das Gesicht kam näher und die Augen blickten nach meinen Nägeln, und ich sah mit bebendem Ekel, daß es weder das Gesicht eines Menschen noch das eines Tieres war, sondern nichts als eine Masse grauen Haars mit drei Überwölbungen, die Augen und Mund markierten.

„Er hat kleine Nägel“, sagte das graue Geschöpf in seinem haarigen Bart. „Es ist gut.“

Er ließ meine Hand fallen, und instinktiv faßte ich meinen Stock. „Iß Wurzeln und Kräuter — es ist Sein Wille“, sagte der Affenmensch.

„Ich bin der Sprecher des Gesetzes“, erklärte die graue Gestalt. „Hierher kommen alle, die neu sind, um das Gesetz zu lernen. Ich sitze im Dunkel und sage das Gesetz.“

„So ist es“, stimmte eines der Tiere an der Tür zu.

„Arg sind die Strafen für die, die das Gesetz brechen. Keiner entkommt.“

„Keiner entkommt“, sagte das Tiervolk, und sie blickten sich verstohlen an.

„Keiner, keiner“, rief der Affenmensch. „Keiner entkommt. Sieh! Ich habe einmal etwas Geringfügiges getan, etwas Unrechtes. Ich schnatterte, schnatterte, sprach nicht mehr. Niemand konnte verstehen. Ich bin verbrannt, hab' ein Mal auf der Hand. Er ist groß. Er ist gut.“

„Keiner entkommt“, sagte das graue Wesen im Winkel.

„Keiner entkommt“, wiederholte das Tiervolk, und sie sahen sich von der Seite an.

„Was du willst, wissen wir nicht“, sagte der Sprecher des Gesetzes. „Wir werden es sehen. Manche wollen Dingen folgen, die sich bewegen, wollen wachen und schleichen, warten und springen, töten und beißen, beißen tief und reich, saugen das Blut ... Das ist schlimm. ‚Keine anderen Menschen jagen; das ist das Gesetz. Sind wir nicht Menschen? Essen weder Fleisch noch Fisch; das ist das Gesetz. Sind wir nicht Menschen?‘ “

„Keiner entkommt“, sagte ein scheckiges Vieh, das vor der Tür stand.

„Manche wollen mit Zähnen und Händen die Wurzeln der Pflanzen ausreißen“, sagte der Sprecher des Gesetzes, „und in der Erde schnüffeln ... Das ist schlimm.“

„Keiner entkommt“, brummte der Mann an der Tür.

„Andere schälen die Rinde von den Bäumen und manche kratzen die Gräber der Toten auf; manche kämpfen mit Stirn oder Füßen und Klauen; manche beißen plötzlich ohne Anlaß; manche lieben die Unsauberkeit.“

„Keiner entkommt“, sagte der Affenmensch und kratzte sich die Wade.

„Keiner entkommt“, sagte auch das kleine rosige Faultierwesen.

„Die Strafe ist hart und folgt auf dem Fuß. Also lerne das Gesetz. Sag’ die Worte“, und sofort begann er die ganze seltsame Litanei vom Gesetz noch einmal, und noch einmal begannen ich und all diese Geschöpfe uns zu wiegen und zu singen. Mir wirbelte der Kopf von all dem Schnattern und dem stickigen Gestank, aber ich hielt aus und hoffte, ich würde schon eine Gelegenheit zu einem Einschreiten finden. „Nicht auf allen vieren gehen; das ist das Gesetz. Sind wir nicht Menschen?"

Wir machten einen solchen Lärm, daß ich von dem Aufruhr draußen nichts merkte, bis einer, ich glaube, es war einer von den beiden Schweinemenschen, die ich schon gesehen hatte, den Kopf über dem kleinen rosigen Faultierwesen hereinsteckte und aufgeregt etwas rief, etwas, was ich nicht verstand. Sofort verschwanden die, welche am Eingang der Hütte standen, mein Affenmensch stürzte hinaus, das Wesen, das im Dunkel gesessen war, folgte ihm — ich merkte nur, es war groß und plump und mit silbrigem Haar bedeckt — und ich blieb allein.

Da hörte ich, ehe ich noch die Öffnung erreichte, das Bellen eines Spürhundes.

Im nächsten Moment stand ich außerhalb der Hütte, meine Stuhllatte in der Hand; jeder Muskel an mir bebte. Vor mir sah ich die plumpen Rücken von vielleicht zwanzig Tiermenschen, die mißgestalteten Köpfe eingezogen. Sie gestikulierten aufgeregt. Andere halbtierische Gesichter blickten fragend aus den Hütten. Als ich in die Richtung schaute, wohin sie zeigten, sah ich durch den Nebel unter den Bäumen hinter dem Ende des Höhlengangs die dunkle Gestalt und das furchtbare weiße Gesicht Moreaus. Er hielt den springenden Hetzhund zurück; und dicht hinter ihm kam Montgomery, den Revolver in der Hand.

Einen Moment stand ich schreckgebannt still. Ich wandte mich um und sah den Gang hinter mir von einem plumpen Tier mit riesigem grauem Gesicht und blinzelnden kleinen Augen versperrt, das auf mich zukam. Ich blickte umher und sah zu meiner Rechten, etwa sechs Meter vor mir, einen schmalen Spalt in der Felswand, durch den ein Lichtstrahl schräg in die Schatten fiel. „Halt!" rief Moreau, als ich darauf zuschritt. „Haltet ihn!" Da wandte sich erst ein Gesicht mir zu, und dann sahen mich alle an. Zum Glück arbeitete ihr Tierverstand nur langsam.

Ich rannte mit der Schulter gegen eines der plumpen Geschöpfe, das sich umdrehte, um zu sehen, was Moreau meinte, und schleuderte es gegen ein anderes. Ich fühlte, wie seine Hände herumflogen, nach mir griffen und mich verfehlten. Das kleine rosige Faultierwesen stürzte auf mich zu, ich warf es um, zerriß ihm das häßliche Gesicht mit dem Nagel an meinem Stock, und eine Minute darauf kletterte ich einen steilen Seitenpfad empor, eine Art schrägen Kamin, der aus der Schlucht führte. Ich hörte hinter mir Heulen und Rufen: „Fangt ihn!" „Haltet ihn!", und das Geschöpf mit dem grauen Gesicht erschien hinter mir und zwängte seine Riesenmasse in den Spalt. „Weiter, weiter!" heulten sie. Ich kletterte den engen Spalt im Felsen hinauf und kam auf dem mit schwefelhältigem Gestein bedeckten Platz westlich vom Dorf der Tiermenschen heraus.

Dieser Spalt war mein Glück, denn der enge, sich schräg heraufwindende Weg muß die nächsten Verfolger aufgehalten haben. Ich lief über die weißgelbe Fläche und einen steilen Hang hinunter durch spärliches Gesträuch, und kam weiter unten zu einer mit hohem Schilf bewachsenen Ebene. Dahindurch arbeitete ich mich in ein dunkles, dichtes Strauchgebüsch, dessen Boden schwarz und feucht war. Als ich in das Schilf hineintauchte, erschienen meine ersten Verfolger aus dem Spalt. Die Luft dröhnte hinter mir und um mich von drohenden Rufen. Ich hörte das Krachen des Schilfs und hin und wieder das Knistern eines brechenden Zweiges. Einige von den Geschöpfen brüllten wie aufgeregte Raubtiere. Links von mir bellte der Spürhund. Ich hörte Moreau und Montgomery aus derselben Richtung rufen. Ich wandte mich scharf nach rechts. Mir schien noch, als hörte ich, wie Montgomery mir zuschrie, um mein Leben zu laufen.

Plötzlich gab der weiche und sumpfige Boden unter mir nach; ich war verzweifelt, stürzte jäh hin, arbeitete mich durch den knietiefen Morast und kam so zu einem gewundenen Pfad, der durch hohes Schilf führte. An einer Stelle sprangen drei seltsame, rosige, hüpfende Tiere, etwa so groß wie Katzen, vor meinen Füßen auf. Diesem Pfad folgte ich bergauf, über einen zweiten freien Platz mit weißer Inkrustation, und tauchte dann wieder in einen Schilfgürtel.

Dann krümmte sich der Weg plötzlich und führte am Rand eines steilwandigen Spalts entlang, der unvermutet wie ein Grenzgraben in einem englischen Park dalag. Ich lief noch mit aller Kraft, und ich sah diesen Abgrund erst, als ich bereits kopfüber durch die Luft flog.

Ich fiel mit Vorderarmen und Kopf in Dornen und stand mit blutendem Gesicht und einem zerrissenen Ohr auf. Ich war in eine steile Schlucht gestürzt, die dornig und felsig und von einem Nebel erfüllt war, der mich in Streifen umzog. Ein schmaler Bach, aus dem dieser Nebel stieg, durchfloß in Windungen die Schlucht. Ich war erstaunt über diesen dünnen Nebel mitten im vollen Glanz des Tageslichts, aber ich hatte keine Zeit, stillzustehen und mich zu wundern. Ich wandte mich nach rechts, flußabwärts, weil ich hoffte, so zum Meer zu kommen und mich dort notfalls ertränken zu können. Erst später merkte ich, daß ich im Fallen meinen Stock verloren hatte.

Dann wurde die Schlucht etwas enger, und ich stieg achtlos in den Bach. Ich sprang ziemlich schnell wieder heraus, denn das Wasser war fast kochendheiß. Ich sah auch, daß ein dünner, schwefliger Schaum auf dem wirbelnden Wasser trieb. Fast unmittelbar darauf kam eine Biegung, und ich sah den blauen Horizont. Auf dem nahen Meer blitzte das Sonnenlicht in Myriaden von Facetten. Ich sah den Tod vor mir. Aber ich schwitzte und war atemlos, und ich spürte, wie das warme Blut angenehm durch meine Adern floß. Ja, ich frohlockte sogar, daß ich meinen Verfolgern entgangen war. Ich hatte nicht die Kraft, jetzt hinzugehen und mich zu ertränken. Ich blickte zurück, woher ich gekommen war.

Ich lauschte. Abgesehen vom Summen der Mükken und vom Zirpen einiger kleiner Insekten, die durch die Dornen hüpften, war die Luft absolut still. Dann hörte ich, sehr leise, das Bellen eines Hundes und ein Schnattern und Schwatzen, den Knall einer Peitsche und Stimmen. Sie wurden lauter, dann wieder schwächer. Der Lärm zog den Bach hinauf und erstarb. Einstweilen war die Jagd vorüber.

Aber ich wußte jetzt, welche Hilfe ich von den Tiermenschen zu erwarten hatte.

13

EINE UNTERREDUNG

Ich wandte mich wieder um und ging zum Meer hinunter. Der heiße Bach erweiterte sich zu einem seichten, bewachsenen Delta, in dem eine Menge von Krebsen und langkörprigen, vielbeinigen Geschöpfen bei meinem Nahen davonkroch. Ich ging bis zum Rande des Salzwassers, und dann fühlte ich mich sicher. Ich drehte mich um und blickte, die Arme in die Hüften gestemmt, auf das dichte Grün hinter mir, in das die Schlucht wie eine rauchende Wunde hineinschnitt. Aber, wie gesagt, ich war zu aufgeregt und — das ist wahr, wenn auch jemand, der die Gefahr nie gekannt hat, vielleicht nicht daran glaubt — zu verzweifelt, um zu sterben.

Dann fiel mir ein, daß mir noch eine Möglichkeit blieb. Konnte ich nicht, während Moreau und Montgomery und ihr bestialischer Pöbel mich durch die Insel jagten, am Strand entlanggehen, bis ich zu dem ummauerten Hof kam? Einen Flankenmarsch um sie herum machen und dann vielleicht mit einem Stein aus der lose gebauten Mauer das Schloß der kleineren Tür zerschmettern und sehen, was ich finden konnte — Messer, Pistole, oder sonst etwas —, um mit ihnen zu kämpfen, wenn sie zurückkehrten?

Ich wandte mich also nach Westen und ging am Wasserrand entlang. Die untergehende Sonne blendete mich mit ihren heißen Strahlen. Die leichte Flut des Stillen Ozeans lief mit leisem Murmeln ein.

Plötzlich fiel die Küste nach Süden ab, und die Sonne war zu meiner Rechten. Dann sah ich unvermutet weit vor mir erst eine und dann mehrere Gestalten aus den Büschen auftauchen — Moreau mit seinem grauen Spürhund, dann Montgomery und noch zwei andere. Da stand ich still.

Sie sahen mich und begannen zu gestikulieren und auf mich zuzulaufen. Ich blieb stehen und beobachtete ihr Nahen. Die beiden Tiermenschen kamen herbeigerannt, um mich vom Gebüsch abzuschneiden. Montgomery lief geradewegs auf mich zu. Moreau folgte langsamer mit dem Hund.

Schließlich raffte ich mich auf, wandte mich seewärts und lief direkt ins Wasser. Das Wasser war erst sehr seicht. Ich war dreißig Meter weit draußen, ehe mir die Wellen bis an die Hüften reichten. Undeutlich sah ich, wie kleine Meerestiere vor meinen Füßen aufschreckten.

„Was treiben Sie, Mann?" rief Montgomery.

Ich wandte mich, bis an die Brust im Wasser stehend, um und starrte ihn an.

Montgomery stand atemlos am Rande des Wassers. Sein Gesicht war leuchtend rot vor Anstrengung, sein langes Flachshaar hing ihm wirr um den Kopf, und seine hängende Unterlippe gab die unregelmäßigen Zähne frei. Moreau kam gerade herzu, das Gesicht bleich und entschlossen, und der Hund, den er an der Leine führte, bellte mich an. Beide Männer trugen schwere Peitschen. Weiter oben am Strand warteten und glotzten die Tiermenschen.

„Was ich anfange? Ich will mich ertränken", sagte ich.

Montgomery und Moreau sahen sich an. „Warum?" fragte Moreau.

„Weil das besser ist, als mich von Ihnen foltern zu lassen."

„Ich sagte es Ihnen ja", bemerkte Montgomery, und Moreau sprach im Flüsterton mit ihm.

„Warum meinen Sie, daß ich Sie foltern werde?" fragte Moreau.

„Wegen der Dinge, die ich gesehen habe", sagte ich. „Und wegen der Geschöpfe da hinten."

„Still!" sagte Moreau und hob die Hand.

„Ich will nicht", sagte ich; „sie waren Menschen: was sind sie jetzt? Ich wenigstens will nicht wie sie sein." Ich sah an den beiden vorbei. Am Strand standen M'ling, Montgomerys Diener, und eines von den weißbandagierten Tieren aus dem Boot. Weiter oben sah ich im Schatten der Bäume meinen kleinen Affenmenschen und hinter ihm noch andere undeutliche Gestalten.

„Wer sind diese Geschöpfe?" fragte ich, indem ich auf sie zeigte und meine Stimme mehr und mehr erhob. „Sie waren Menschen — Menschen wie Sie, Menschen, die Sie zu Sklaven gemacht haben, und die Sie noch fürchten. — Ihr, die ihr mich hört", schrie ich und zeigte auf Moreau und rief die Tiermenschen an: „Ihr, die ihr mich hört! Seht ihr nicht, daß euch diese Menschen noch fürchten, daß sie in Angst vor euch umhergehen? Warum also fürchtet ihr sie? Ihr seid viele..."

„Um Gottes willen", rief Montgomery, „hören Sie auf, Prendick!"

„Prendick!" rief Moreau.

Beide schrien durcheinander, als wollten sie meine Stimme übertönen. Und hinter ihnen drohten die starren Gesichter der Tiermenschen; ihre Hände hingen herunter, ihre Schultern waren hochgezogen. Es schien, wie ich mir damals dachte, als versuchten sie, mich zu verstehen und sich auf etwas von ihrer menschlichen Vergangenheit zu besinnen.

Ich schrie weiter, ich weiß kaum mehr, was. Moreau und Montgomery könnten getötet werden; sie seien nicht zu fürchten: das hauptsächlich setzte ich dem Tiervolk in den Kopf — zu meinem eigenen Schaden, wie sich später herausstellen sollte. Ich sah den grünäugigen Mann mit den dunklen Lumpen, der mir am Abend meiner Ankunft begegnet war, aus den Bäumen hervorkommen, und andere folgten ihm, um mich besser zu hören.

Schließlich hielt ich inne, weil mir die Luft ausging.

„Hören Sie mich einen Moment an", sagte

Moreau mit fester Stimme, „und dann erklären Sie uns, was Sie wollen."

„Gut", sagte ich.

Er hustete, dachte nach und rief dann: „Latein, Prendick! Schlechtes Latein! Schuljungenlatein! Aber versuchen Sie zu verstehen. *Hi non sunt homines, sunt animalia qui nos habemus* ... vivi-seziert. Ein Vermenschlichungsprozeß. Ich will's Ihnen erklären. Kommen Sie an Land."

„Das Wasser wird gerade hinten Ihnen tief und ist voller Haie."

„Genau das Richtige für mich", sagte ich. „Kurz und beinahe schmerzlos."

„Warten Sie eine Minute." Er nahm etwas Glitzerndes aus der Tasche und warf es vor seine Füße. „Das ist ein geladener Revolver", sagte er. „Montgomery hier wird das gleiche tun. Jetzt gehen wir den Strand hinauf, bis Sie die Entfernung für sicher halten. Dann kommen Sie und nehmen Sie die Revolver."

„Nein. Sie haben noch einen dritten."

„Ich wollte, Sie überlegten sich die Sache, Prendick. Erstens habe ich Sie nie gebeten, auf diese Insel zu kommen; zweitens hatten wir Sie gestern nacht narkotisiert; hätten wir Ihnen etwas antun wollen, dann wäre das doch eine viel bessere Gelegenheit gewesen; und drittens, jetzt, wo Ihre Panik vorüber ist und Sie ein wenig denken können — sehen Sie doch Montgomery an; ist er wirklich der, für den Sie ihn halten? Wir haben Sie zu Ihrem Wohl gejagt. Weil diese Insel voller ... feindlicher Phänomene ist. Warum sollten wir Sie erschießen wollen, wenn Sie uns gerade anboten, sich zu ertränken?"

„Warum haben Sie Ihre ... Leute auf mich gehetzt?"

„Wir waren überzeugt, daß wir Sie fangen und außer Gefahr bringen könnten. Nachher verließen wir den Pfad — um Sie zu retten."

Ich dachte nach. Es konnte stimmen. Dann fiel mir wieder etwas ein.

„Aber ich habe", sagte ich, „in der Ummauerung ..."

„Das war der Puma."

„Hören Sie, Prendick", sagte Montgomery, „Sie sind ein alberner Esel. Kommen Sie aus dem Wasser, nehmen Sie die Revolver und reden Sie. Wir können dann nicht mehr tun, als wir jetzt könnten."

Ich will gestehen, daß ich Moreau noch, ja, immer mißtraute und ihn fürchtete. Aber Montgomery war ein Mann, dem ich glaubte.

„Gehen Sie den Strand hinauf", sagte ich, als ich nachgedacht hatte, und fügte hinzu: „und heben Sie die Hände."

„Das kann ich nicht", sagte Montgomery mit einem erklärenden Nicken über die Schulter. „Würdelos."

„Dann gehen Sie zu den Bäumen hinauf", antwortete ich, „wie Sie wollen."

„Es ist eine verdammt alberne Zeremonie", sagte Montgomery.

Er und Moreau drehten sich um und gingen auf die sechs oder sieben grotesken Geschöpfe zu, die dort im Sonnenlicht standen und Schatten warfen und sich bewegten und doch so unglaublich unreal waren. Montgomery knallte mit der Peitsche nach ihnen, und sofort wandten sich alle ab und flohen blindlings in den Wald. Und als Montgomery und Moreau sich genügend weit entfernt hatten, watete ich an Land, nahm die Revolver auf und prüfte sie. Um mich gegen jedwede Überlistung zu sichern, entlud ich einen, schlug damit gegen einen Lavaklumpen und hatte die Befriedigung, den Stein zerpulvert und den Strand mit Blei bespritzt zu sehen.

Noch zögerte ich einen Moment.

„Ich will's wagen", erklärte ich schließlich, und mit einem Revolver in jeder Hand ging ich den Strand hinauf auf sie zu.

„So ist's besser", sagte Moreau unverblümt. „Sie haben mir ohnehin schon den besten Teil des Tages mit Ihrer verdammten Einbildung verdorben."

Und mit einem Anflug von Verachtung, der mich demütigte, machten er und Montgomery kehrt und gingen mir schweigend voran.

Die Tiermenschen standen noch immer verwundert hinter den Bäumen. Ich ging so unbefangen wie möglich an ihnen vorbei. Einer fuhr auf und wollte mir folgen, aber er zog sich zurück, als Montgomery mit der Peitsche knallte. Die anderen blieben schweigend stehen — sie beobachteten mich. Vielleicht waren sie einmal Tiere gewesen. Aber ich hatte noch nie gesehen, daß Tiere zu denken versuchten.

14

DOKTOR MOREAU ERKLÄRT

„Und jetzt, Prendick, will ich es Ihnen erklären", sagt Doktor Moreau, nachdem wir gegessen und getrunken hatten. „Ich muß gestehen, Sie sind der diktatorischste Gast, den ich je bewirtet habe. Ich warne Sie, dies ist das letzte, was ich tue, um Ihnen gefällig zu sein. Das nächste Mal, wenn Sie mit Selbstmord drohen, werde ich nicht mehr tun, was Sie verlangen — selbst um den Preis einiger persönlicher Unannehmlichkeiten."

Er saß in meinem Schiffsstuhl, eine halb aufgerauchte Zigarre in den weißen, geschickt aussehenden Fingern. Das Licht der Lampe fiel auf sein weißes Haar; er blickte durch das kleine Fenster in den Sternenschein hinaus. Ich saß ihm so fern wie möglich, den Tisch zwischen uns, die Revolver zur Hand. Montgomery war nicht anwesend. Ich wünschte nicht, sie in einem so kleinen Zimmer beide gegen mich zu haben.

„Sie geben zu, daß das vivisezierte menschliche Wesen, wie Sie es nennen, schließlich doch nur der Puma ist?" fragte Moreau. Er hatte mich in das innere Zimmer geführt, um mich davon zu überzeugen, daß die Schreie, die ich gehört hatte, nicht von einem Menschen stammten.

„Es ist der Puma“, sagte ich, „noch lebendig, aber zerschnitten und verstümmelt; und ich hoffe, lebendiges Fleisch nie wieder in einem solchen Zustand zu sehen. Von allen gemein...“

„Einerlei“, erwiderte Moreau. „Wenigstens verschonen Sie mich mit diesem jugendlichen Abscheu. Montgomery war genauso. Sie geben zu, es ist der Puma. Jetzt seien Sie ruhig, während ich Ihnen meinen physiologischen Vortrag abhasple.“ Und alsbald begann er im Ton eines Mannes, der sich höchlich langweilt, wurde dann etwas lebhafter und setzte mir sein Werk auseinander. Er sprach sehr einfach und überzeugend. Hin und wieder verriet seine Stimme etwas Sarkasmus. Bald war mir heiß vor Scham über unsere Auseinandersetzung.

Die Geschöpfe, die ich gesehen hatte, waren keine Menschen, waren nie Menschen gewesen. Es waren Tiere — vermenschlichte Tiere — Triumphe der Vivisektion.

„Sie vergessen, was ein geschickter Vivisektor mit lebendigen Wesen alles vermag“, sagte Moreau. „Ich für mein Teil kann mir nicht erklären, warum das, was ich hier getan habe, nicht schon früher versucht wurde. Kleine Experimente sind natürlich gemacht worden — Amputationen, Zungenschnitte, Exzisionen. Natürlich wissen Sie, daß der Chirurg Schielen hervorrufen wie auch heilen kann. Ferner kann man durch Exzisionen eine ganze Reihe von sekundären Veränderungen, Pigmentstörungen, Modifikationen des Trieblebens, Wandlungen in der Sekretion der Fettgewebe bewirken. Ich zweifle nicht, daß Sie von diesen Dingen gehört haben?"

„Natürlich", sagte ich. „Aber diese Ihre scheußlichen Geschöpfe..."

„Alles zu seiner Zeit", sagte er mit einer Handbewegung; „ich fange erst an. Das sind triviale Fälle der Veränderung. Die Chirurgie vermag Besseres als das. Es gibt sowohl ein Aufbauen wie ein Niederreißen und Verändern. Sie haben vielleicht von einer ganz gewöhnlichen Operation gehört, die man bei Fällen durchführt, bei denen die Nase arg entstellt wurde. Man schneidet ein Stück Haut aus der Stirn, klappt es auf die Nase herunter, und es verheilt in der neuen Lage. Dabei handelt es sich um eine Verpflanzung an ein und demselben Tier. Transplantation frisch gewonnenen Materials von einem anderen Tier ist gleichfalls möglich — bei Zähnen, zum Beispiel. Die Verpflanzung von Haut und Knochen erfolgt, um die Heilung zu erleichtern. Der Chirurg legt mitten in die Wunde Hautstückchen, die von einem anderen Tier genommen sind, oder Knochenfragmente von einem frisch getöteten Tier. Hunters Hahnensporn — vielleicht haben Sie davon gehört — wuchs am Nacken eines Stiers an. Denken Sie auch an die Rhinozerosratten der Algierzuaven — Monstra, die man erzeugte, indem man ein Stück vom Schwanz einer gewöhnlichen Ratte auf ihre Schnauze verpflanzte und es dort anheilen ließ."

„Künstliche Ungeheuer!“ sagte ich. „Also wollen Sie mir sagen...“

„Ja. Diese Geschöpfe, die Sie gesehen haben, sind neu gestaltete und geformte Tiere. Dem — dem Studium der Bildung lebendiger Formen — ist mein Leben gewidmet gewesen. Ich habe jahrelang studiert und gewinne beständig an Wissen. Ich sehe, Sie schauen entsetzt drein, und doch erzähle ich Ihnen nichts Neues. Das alles lag schon vor Jahren im Bereich der Möglichkeiten der praktischen Anatomie, aber niemand hatte die Verwegenheit, daran zu rühren. Ich kann nicht nur die äußere Form eines Tieres verändern. Auch die Physiologie, den Stoffwechsel des Geschöpfes kann man einer dauernden Modifikation unterwerfen; sicherlich sind Ihnen die Impfung und andere Methoden der Inokulation mit lebendem oder totem Stoff vertraut. Ähnlich verhält es sich mit der Transfusion des Blutes, von der ich ausgegangen bin. Das alles sind vertraute Verfahren. Weniger bekannt und wahrscheinlich weit umfassender waren die Operationen jener mittelalterlichen Ärzte, die Zwerge und Krüppel und Schauungeheuer erzeugten; von ihrer Kunst haben sich noch einige Spuren in der Präliminarbehandlung des jungen Seiltänzers oder Schlangenmenschen erhalten. Victor Hugo schildert sie in *L'Homme qui rit*... Aber vielleicht wird jetzt klar, was ich meine. Sie beginnen einzusehen, daß es möglich ist, Gewebe von einem Teil eines Tieres auf einen anderen, oder von einem Tier auf ein anderes zu übertragen, seine chemischen Reaktionen und Wachstumsmethoden zu ändern, die Gelenke seiner Gliedmaßen zu modifizieren und es sogar in seiner innersten Struktur zu verwandeln?

Und doch ist dieser außerordentliche Wissenszweig von modernen Forschern nie methodisch und gesondert untersucht worden, bis ich mich seiner annahm! Die meisten Beispiele, die Ihnen einfallen werden, sind gleichsam zufällig demonstriert worden — von Tyrannen, Verbrechern, von Pferde- und Hundezüchtern, von allerlei ungeübten, plumphändigen Menschen, die für ihre eigenen, unmittelbaren Zwecke arbeiteten. Ich war der erste, der diese Frage, in der antiseptischen Chirurgie wohl bewandert und mit wirklich wissenschaftlicher Kenntnis der Gesetze des Wachstums, in Angriff genommen hat.

Und doch sollte man annehmen, daß derartiges schon heimlich betrieben worden sein muß. Wesen wie die Siamesischen Zwillinge... Und in den Gewölben der Inquisition. Ohne Frage war ihr Hauptziel kunstgerechtes Foltern, aber wenigstens einige der Inquisitoren müssen eine Spur von wissenschaftlichem Forschungsdrang gehabt haben."

„Aber", sagte ich. „Diese Dinger — diese Tiere *sprechen!*"

Er sagte: „Ja", und ging dazu über, auseinanderzusetzen, daß die Möglichkeiten der Vivisektion nicht bloß auf physische Metamorphose beschränkt sind. Ein Schwein kann erzogen werden. Die geistige Struktur ist weit weniger festgelegt als die körperliche. Die Wissenschaft des Hypnotismus bietet die Möglichkeit, alte Instinkte durch neue Suggestionen zu ersetzen, die auf die ererbten fixen Ideen aufgepfropft werden oder sie verdrängen. Vieles von dem, was wir moralische Erziehung nennen, ist eine solche künstliche Veränderung und Perversion des Instinkts; Kampflust wird in mutige Selbstaufopferung umgebildet, unterdrückte Sinnlichkeit in religiöse Erregung. Und der große Unterschied zwischen Mensch und Affe liegt im Kehlkopf, sagte er, in der Unfähigkeit, fein unterschiedene Klangsymbole zu formen, durch die das Denken unterstützt wird. Darin konnte ich ihm nicht beistimmen, aber Moreau beachtete meinen Einwand überhaupt nicht. Er wiederholte, es sei so, und fuhr im Bericht von seiner Arbeit fort.

Aber ich fragte ihn, warum er die menschliche Gestalt zum Modell genommen habe. In dieser Wahl schien mir damals und scheint mir noch jetzt eine tiefe Bosheit zu liegen.

Er gestand, er habe die Form zufällig gewählt.

„Ich hätte ebensogut darauf hinarbeiten können, Schafe in Lamas und Lamas in Schafe zu verwandeln. Ich vermute, irgend etwas in der menschlichen Gestalt appelliert mächtiger an die künstlerische Veranlagung als es eine tierische Form kann. Aber ich habe mich nicht darauf beschränkt, Menschen zu machen. Ein- oder zweimal..." Er schwieg vielleicht eine Minute lang. „Diese Jahre!

Wie sie hingeglitten sind! Und da habe ich einen Tag verschwendet, um Ihnen das Leben zu retten, und jetzt verschwende ich eine Stunde, um meine Haltung zu erklären!“

„Aber“, sagte ich, „ich verstehe noch immer nicht. Wo bleibt Ihre Rechtfertigung dafür, daß Sie all diese Schmerzen verursachen? Das einzige, was in meinen Augen die Vivisektion entschuldigen könnte, wäre eine Anwendung...“

„Ganz recht“, sagte er. „Aber Sie sehen, ich bin anderer Meinung. Wir vertreten verschiedene Grundsätze. Sie sind Materialist.“

„Ich bin *kein* Materialist“, begann ich hitzig.

„In meinen Augen — in meinen Augen. Denn gerade diese Frage des Schmerzes trennt uns. Solange ein sichtbarer oder hörbarer Schmerz Ihnen Übelkeit verursacht, solange Ihre eigenen Schmerzen Sie treiben, solange Schmerz für Sie mit Sünde zusammenhängt, solange, sage ich Ihnen, sind Sie ein Tier, das etwas weniger dunkel fühlt, was jedes andere Tier auch fühlt. Dieser Schmerz...“

Ich zuckte über solche Sophisterei die Achsel.

„Oh! Aber es ist eine solche Kleinigkeit. Ein Geist, der sich dem, was die Wissenschaft uns zu lehren hat, wahrhaft öffnet, muß einsehen, daß es eine Kleinigkeit ist. Vielleicht kommt außer auf diesem kleinen Planeten, diesem Fleck kosmischen Staubes, den man längst nicht mehr sähe, ehe man den nächsten Stern erreichte — vielleicht, sage ich, kommt dies, was wir Schmerz nennen, sonst nirgends vor. Aber die Gesetze, die wir tastend suchen ... Ah, selbst auf unserer Erde, selbst unter lebenden Wesen, was ist da der Schmerz?"

Er zog, während er sprach, ein kleines Federmesser aus der Tasche, öffnete die kleinere Klinge und rückte seinen Stuhl so, daß ich seinen Schenkel sehen konnte. Dann wählte er bedachtsam eine Stelle, stieß das Messer in sein Bein und zog es wieder heraus.

„Ohne Zweifel haben Sie derlei schon gesehen. Es tut nicht so weh wie ein Nadelstich. Aber was zeigt es? Im Bereich des Muskels ist Schmerzempfindung nicht nötig und nicht vorhanden; sie ist nur wenig nötig in der Haut, und nur hier und dort gibt es auf dem Schenkel schmerzempfindliche Stellen. Der Schmerz ist nichts anderes als unser innerer ärztlicher Ratgeber, um uns zu warnen und anzustacheln. Nicht alles lebendige Fleisch ist schmerzempfindlich, auch nicht alle Nerven sind es, nicht einmal alle Empfindungsnerven. In den Empfindungen des Sehnervs gibt es keine Spur von Schmerz, wirklichem Schmerz. Wenn Sie den Sehnerv verwunden, sehen Sie nur Lichtblitze, genau wie Erkrankung des Gehörnervs nur Summen in den Ohren hervorruft. Pflanzen fühlen keinen Schmerz; die niederen Tiere — es kann sein, daß solche Tiere wie der Seestern und der Krebs keinen Schmerz empfinden. Und dann die Menschen: je intelligenter sie werden, mit um so mehr Intelligenz werden sie für ihr eigenes Wohlbefinden sorgen, und um so weniger werden sie den Stachel nötig haben, der sie vor Gefahr warnen soll. Ich habe noch von keinem nutzlosen Ding gehört, das nicht durch die Evolution früher oder später aus dem Dasein ausgemerzt worden wäre. — Sie etwa? Und der Schmerz wird nutzlos.

Und dann bin ich ein religiöser Mensch, Prendick, wie es jeder vernünftige Mensch sein muß. Vielleicht bilde ich mir ein, mehr von den Wegen des Schöpfers dieser Welt gesehen zu haben als Sie — denn ich habe auf *meine* Weise mein ganzes Leben lang nach seinen Gesetzen gesucht, während Sie, wie ich höre, Schmetterlinge gesammelt haben. Und ich sage Ihnen, Schmerz und Lust haben mit Himmel und Hölle nichts zu tun. Schmerz und Lust — Bah! Was ist Ihre Theologenekstase anderes als Mahomets Huri im Dunkel? Dieser Wert, den Männer und Frauen auf Schmerz und Lust legen, Prendick, ist das Zeichen des Tiers in ihnen — das Zeichen des Tiers, von dem sie gekommen sind. Schmerz! Schmerz und Lust — sie gibt es nur, solange wir uns im Staube winden...

Sie sehen, ich bin mit diesen Forschungen genau den Weg gegangen, den sie mich führten. Ich stellte eine Frage, ersann eine Methode, eine Antwort zu bekommen und stieß auf — eine neue Frage. War dies oder das möglich? Sie können sich vorstellen, was das für einen Forscher heißt, was für eine intellektuelle Leidenschaft ihn überkommt. Sie können sich jedoch nicht vorstellen, was für einen seltsamen, farblosen Genuß diese geistigen Wünsche schaffen. Das Wesen da vor

Ihnen ist kein Tier mehr, kein Mitgeschöpf, sondern ein Problem. Mitleid — alles was ich davon weiß, ist, daß ich vor Jahren daran litt. Ich wollte — das war das einzige, was ich wollte — die äußerste Grenze der Gestaltungsmöglichkeit in einer lebenden Form finden."

„Aber", sagte ich, „die Sache ist ein Greuel —"

„Bis auf diesen Tag hab' ich mich um die Ethik der Angelegenheit noch nie bekümmert. Das Studium der Natur macht den Menschen schließlich so gewissenlos, wie die Natur selbst ist. Ich bin vorwärts gegangen, ohne mich um irgend etwas anders zu kümmern als um die Frage, die ich verfolgte, und das Material ist ... in die Höhlen dort gewandert... Es ist fast elf Jahre, seit wir hierherkamen, ich und Montgomery und sechs Kanaken. Ich erinnere mich an die grüne Stille der Insel und des Ozeans um uns, als wäre es gestern gewesen. Die Insel schien auf mich zu warten.

Die Vorräte wurden gelandet, und das Haus wurde gebaut. Die Kanaken errichteten bei der Schlucht ein paar Hütten. Ich machte mich hier mit dem, was ich mitgebracht hatte, an die Arbeit. Erst passierten ein paar unangenehme Dinge. Ich begann mit einem Schaf und tötete es nach anderthalb Tagen, weil mir das Skalpell ausglitt; ich nahm ein anderes Schaf und machte daraus ein Wesen voll von Schmerz und Furcht und ließ es dann, zum Heilen verbunden, liegen. Es erschien mir ganz menschlich, als ich fertig war, aber später war ich unzufrieden damit; es erinnerte sich an mich und hatte unvorstellbare Angst und nur einen Schafsverstand. Je mehr ich es ansah, um so plumper schien es mir, bis ich das Ungeheuer schließlich aus seinem Elend erlöste. Diese Tiere ohne Mut, diese angstgeplagten, schmerzgetriebenen Wesen ohne einen Funken kämpferischer Energie, mit der sie der Qual entgegentreten können — die taugen nicht zur Umwandlung in Menschen.

Dann nahm ich einen Gorilla, und daraus machte ich, indem ich mit unendlicher Sorgfalt arbeitete und Schwierigkeit nach Schwierigkeit überwand, meinen ersten Menschen. Die ganze Woche lang formte ich Tag und Nacht an ihm. Hauptsächlich das Gehirn mußte umgebildet, viel mußte hinzugefügt, viel geändert werden. Ich fand, der Gorilla sei ein schönes Beispiel des Negertypus, als ich fertig war und er bandagiert, gebunden und reglos vor mir lag. Erst als es sicher war, daß er am Leben bleiben würde, verließ ich ihn und fand Montgomery so ziemlich in der gleichen Verfassung vor, in der Sie jetzt sind. Er hatte ein paar von den Schreien gehört, als das Tier menschlich wurde, Schreie wie die, die Sie so verstörten. Ich zog ihn anfangs nicht ganz ins Vertrauen. Und auch die Kanaken hatten etwas gemerkt. Sie waren bei meinem Anblick vor Angst außer sich. Montgomery gewann ich für mich — irgendwie, aber ich und er, wir hatten schwer zu tun, die Kanaken am Davonlaufen zu hindern. Schließlich taten sie's doch, und so verloren wir die Jacht. Ich habe viele Tage damit zugebracht, den Affenmenschen zu unterrichten — im ganzen drei oder vier Monate lang. Ich lehrte ihn die Rudimente des Englischen, vermittelte ihm einen Begriff vom Zählen, lehrte ihn sogar das Alphabet lesen. Aber da war er langsam — freilich, Idioten, die ich's ebenfalls gelehrt habe, waren mitunter noch langsamer. Er war geistig ein unbeschriebenes Blatt, hatte keine Erinnerung mehr von dem, was er gewesen war. Als seine Wunden geheilt waren und er nur noch etwas steif war, sich aber bereits ein wenig unterhalten konnte, brachte ich ihn da hinten hin und stellte ihn den Kanaken als interessantes Strandgut vor.

Sie hatten erst furchtbare Angst vor ihm — was mich ziemlich beleidigte, denn ich bildete mir etwas auf ihn ein —, aber sein Wesen schien so mild, und er war so sanftmütig, daß sie ihn nach einiger Zeit aufnahmen und seine Erziehung fortsetzten. Er lernte schnell, ahmte seine Lehrmeister nach und paßte sich an. Er baute sich eine Hütte, die mir besser schien als die Schuppen der Kanaken. Unter den Jungen war einer so etwas wie ein Missionar, und der lehrte das Geschöpf lesen und gab ihm einige rudimentäre Ideen von Moral, aber es scheint, die Sitten des Viehs waren nicht ganz so, wie man wünschen sollte.

Ich ruhte einige Tage von der Arbeit aus und hatte Lust, einen Bericht über die ganze Sache zu schreiben, um die englische Physiologie aufzuwecken. Dann traf ich das Geschöpf hoch in einem Baum sitzend, wie es auf zwei von den Kanaken einschnatterte, die ihn geärgert hatten. Ich drohte ihm, sagte ihm, ein solches Vorgehen sei nicht menschenwürdig, weckte sein Schamgefühl und entschloß mich, Besseres zu machen, ehe ich meine Arbeit in England vorstellte. Ich habe Besseres gemacht; aber irgendwie verkümmern die Geschöpfe wieder, das zähe Tierfleisch ist stärker, wächst nach... Ich gedenke immer noch, Besseres zu machen. Dieser Puma...

Das ist also die Geschichte. All die Kanakenjungen sind jetzt tot. Einer fiel vom Langboot über Bord und einer starb an einer Wunde an der Ferse, die er sich irgendwie mit Pflanzensaft infiziert hatte. Drei gingen mit der Jacht durch und ertranken, wie ich vermute und hoffe. Der letzte ... wurde getötet. Nun — ich habe sie ersetzt. Montgomery trieb's erst ziemlich wie Sie, dann..."

„Was wurde aus dem letzten?" fragte ich scharf, „dem Kanaken, der getötet wurde?"

„Die Sache ist die, nachdem ich eine Anzahl menschlicher Geschöpfe gemacht hatte, stellte ich ein Wesen her..." Er zögerte.

„Ja?" sagte ich.

„Es wurde getötet."

„Ich verstehe nicht", sagte ich; „wollen Sie etwa sagen..."

„Ja — es tötete den Kanaken. Es tötete verschiedenes andere, was es zu fassen bekam. Wir machten ein paar Tage Jagd darauf. Es kam durch einen Zufall frei — ich hatte nie daran gedacht, es fortzulassen. Es war nicht fertig. Es war nur ein Experiment: ein gliederloses Geschöpf mit einem furchtbaren Gesicht, das sich nach Schlangenart am Boden hinwand. Es war ungeheuer stark und rasend vor Schmerz, und es bewegte sich schaukelnd wie ein Tümmler. Es lauerte ein paar Tage im Wald und vernichtete alles, was ihm begegnete, bis wir es jagten. Und dann verkroch es sich im nördlichen Teil der Insel und wir teilten uns, um es einzuschließen. Montgomery bestand darauf, mit mir zu kommen. Der Kanake hatte eine Flinte, und als seine Leiche gefunden wurde, war einer der Läufe zu einem S gebogen und beinahe durchgebissen ... Montgomery erschoß das Untier ... Seither habe ich mich an das Ideal des Menschen gehalten — abgesehen von ein paar Kleinigkeiten."

Er verstummte. Ich saß schweigend da und sah sein Gesicht an.

„So habe ich im ganzen zwanzig Jahre lang — wenn ich die neun Jahre in England zähle — gearbeitet, und dennoch ist da etwas, was mich unzufrieden läßt, was mich zu weiteren Versuchen herausfordert. Bisweilen erhebe ich mich über mein Niveau, bisweilen sinke ich darunter, aber nie erreiche ich das, wovon ich träume. Die menschliche Gestalt kann ich jetzt beinahe mit Leichtigkeit formen, so daß sie geschmeidig und anmutig ist oder derb und stark; aber oft hab' ich Mühe mit den Händen und Klauen — heikle

Dinge, die ich nicht zu frei zu formen wage. Aber meine Hauptschwierigkeit liegt in der subtilen Veredlung und Umbildung des Gehirns. Die Intelligenz ist oft merkwürdig niedrig, und sie weist unerklärliche, unerwartete Lücken auf. Am schlimmsten ergeht es mir jedoch mit dem Sitz der Gefühle. Ich weiß nicht, wo er liegt, ich komme nicht daran heran. Wünsche, Sehnsuchtsäußerungen, Instinkte, die der Menschlichkeit Abbruch tun, ein seltsames verborgenes Reservoir, das plötzlich ausbricht und das ganze Wesen des Geschöpfes mit Wut, Haß oder Furcht überschwemmt. Diese meine Geschöpfe erschienen Ihnen seltsam und unheimlich, sowie Sie anfingen, sie zu beobachten; aber mir erscheinen sie, wenn ich sie gerade gemacht habe, unbestreitbar menschlich. Erst wenn ich sie später beobachte, beginne ich zu zweifeln. Erst stiehlt sich der eine, dann der andere tierische Zug wieder an die Oberfläche und springt mir ins Auge ... Aber ich werde noch siegen. Jedesmal, wenn ich ein lebendes Geschöpf ins Bad des brennenden Schmerzes tauche, sage ich mir: Diesmal will ich das Tier ganz ausbrennen, diesmal will ich ein vernünftiges Wesen schaffen. Was sind schließlich zehn Jahre? Am Menschen ist hunderttausend Jahre lang geschaffen worden."

Er dachte nach. „Aber ich komme der Sache näher. Dieser mein Puma ..."

Nach einem Schweigen: „Und sie entwickeln sich wieder rückwärts. Sobald ich meine Geschöpfe sich selbst überlasse, beginnt das Tier sich wieder geltend zu machen ..."

Ein zweites langes Schweigen.

„Und dann bringen Sie die Wesen, die Sie machen, in diese Höhlen?" fragte ich.

„Sie gehen hin. Ich werfe sie hinaus, sobald ich das Tier in ihnen zu fühlen beginne, und dann wandern sie gleich dorthin. Sie fürchten alle dies Haus und mich. Was Sie da drüben gesehen haben, ist eine Parodie der Menschheit. Montgomery weiß darüber Bescheid, denn er kümmert sich darum. Er hat einen oder zwei von den Geschöpfen zu unserem Dienst abgerichtet. Er schämt sich, aber er hat ein paar von diesen Bestien beinahe lieb. Das ist seine Sache, nicht meine. Wenn ich sie sehe, quält mich nur das Gefühl des Mißerfolgs. Ich interessiere mich nicht für sie. Ich denke mir, sie folgen der Richtung, die der Kanaken-Missionar ihnen angegeben hat, und ihr Leben gleicht der Karikatur eines vernünftigen Lebens — die armen Bestien! Sie haben etwas, das sie das Gesetz nennen. Sie singen Hymnen. Sie bauen ihre Hütten, sammeln Früchte und heiraten sogar. Aber ich durchschaue das alles, sehe ihnen bis in die Seelen, und sehe nichts als die Seelen von Tieren, Tieren, die untergehen — und die Lust, zu leben und zufrieden zu sein ... Und doch sind sie merkwürdig. Kompliziert, wie alles Lebendige. Sie haben so etwas wie Ehrgeiz, der teils aus Eitelkeit, teils aus übermäßiger Geschlechtserregung, teils aus überschüssiger Neugier entstanden sein dürfte. Mir ist es nur Hohn... Ich habe einige Hoffnung mit diesem Puma; ich habe an seinem Kopf und Gehirn schwer gearbeitet..."

„Und jetzt", sagte er nach einem langen Schweigen, währenddessen jeder seinen eigenen Gedanken folgte, „was meinen Sie? Haben Sie immer noch Angst vor mir?"

Ich schaute ihn an und sah nur einen Mann mit weißem Gesicht und weißem Haar und ruhigen Augen. Abgesehen von seiner Heiterkeit, beinahe einem Anflug von Schönheit, der von der gesetzten Ruhe und von seinem stattlichen Körperbau herrührte, sah er aus wie hundert andere behagliche alte Herren. Dann schauderte mir. Als Antwort auf seine zweite Frage hielt ich ihm die beiden Revolver hin.

„Behalten Sie sie", sagte er und gähnte. Er stand auf, sah mich einen Moment an und lächelte. „Sie haben zwei ereignisreiche Tage gehabt", sagte er. „Ich würde etwas Schlaf anraten. Freut mich, daß alles klar ist. Gute Nacht."

Er sann einen Moment nach, dann ging er zur inneren Tür hinaus. Ich drehte sofort den Schlüssel in der äußeren.

Ich setzte mich noch einmal und blieb eine Zeitlang in flauer Stimmung sitzen, so müde, daß ich einfach nicht weiterdenken konnte. Das schwarze Fenster starrte mich wie ein Auge an. Zuletzt raffte ich mich auf, blies die Lampe aus und stieg in die Hängematte. Ich schlief sehr bald ein.

16

ÜBER DAS TIERVOLK

Ich wachte früh auf. Moreaus Erklärung stand vom Moment meines Erwachens an klar und deutlich vor meinem Geist. Ich stieg aus der Hängematte und ging zur Tür, um mich zu vergewissern, daß der Schlüssel umgedreht war. Dann untersuchte ich das Fenstergitter und fand es fest eingefügt. Daß diese menschenartigen Geschöpfe in Wirklichkeit nur tierische Ungeheuer, bloße groteske Parodien auf Menschen waren, erfüllte mich mit einer vagen Ungewißheit über ihre Möglichkeiten, die viel schlimmer war als eindeutige Furcht. Es klopfte an der Tür, und ich hörte M'lings gedehnte, fast klebrige Art zu sprechen. Ich steckte einen der Revolver in die Tasche, hielt die Hand darauf und öffnete ihm.

„Guten Morgen, Häer", sagte er, während er außer dem gewohnten Gemüsefrühstück noch ein schlecht gekochtes Kaninchen hereinbrachte. Montgomery folgte ihm. Als er sich umsah und die Haltung meines Arms erblickte, verzog er den Mund zu einem schiefen Lächeln.

Der Puma wurde an diesem Tag nicht „behandelt", er sollte heilen; aber Moreau, der sehr eigenbrötlerische Gewohnheiten hatte, kam nicht zu uns. Ich sprach mit Montgomery, um klarere Vorstellungen über die Art zu bekommen, wie das Tiervolk lebte. Besonders war ich begierig, zu erfahren, wie Moreau und Montgomery die unmenschlichen Ungeheuer davon abhielten, über sie herzufallen, und auch davon, sich gegenseitig zu zerreißen.

Er erklärte mir, seine und Moreaus relative Sicherheit beruhte auf der Begrenztheit des geistigen Gesichtskreises dieser Ungeheuer. Trotz ihrer verstärkten Intelligenz und trotz des allmählichen Wiedererwachens ihrer tierischen Instinkte, hatten sie gewisse fixe Ideen, die Moreau ihrem Geist eingepflanzt hatte, und die ihre Vorstellungen absolut einschränkten. Sie wurden regelrecht hypnotisiert, und ihnen wurde gesagt, gewisse Dinge seien unmöglich, und gewisse Dinge dürften nicht getan werden, und diese Verbote waren so in ihre geistige Struktur verwoben, daß sie praktisch jenseits von jeder Möglichkeit des Ungehorsams oder Streites standen. In gewissen Dingen jedoch, in denen der alte Instinkt mit Moreaus Befehlen kämpfte, waren sie weniger stabil. Eine Reihe von Vorschriften, die „das Gesetz" hieß — ich hatte sie ja bereits gehört — rang in ihren Geistern mit dem tiefeingewurzelten, stets rebellischen Forderungen ihrer tierischen Natur. Dieses Gesetz, erfuhr ich, wiederholten und — brachen sie immer. Montgomery und Moreau waren besonders darauf bedacht, sie davon abzuhalten, Blut zu kosten und auf den Geschmack zu kommen. Dies, so fürchteten sie, würde verheerende Folgen haben.

Montgomery sagte mir, das Gesetz erfahre, besonders unter den katzenartigen Tiermenschen, mit Einbruch der Nacht eine merkwürdige Schwächung; dann sei das Tier am stärksten; mit der Dämmerung entstünde ein Abenteuergeist in ihnen; sie wagten Dinge, von denen sie am Tage nie zu träumen schienen. Dies erklärte auch, wieso der Leopardenmensch mir am Abend meiner Ankunft nachgeschlichen war. Aber während dieser ersten Tage meines Aufenthalts brachen die Tiermenschen das Gesetz nur verstohlen; am Tage achteten sie durchaus die mannigfaltigen Verbote.

Und hier sollte ich vielleicht ein paar allgemeine Tatsachen über die Insel und das Tiervolk einfügen. Die Insel hatte unregelmäßige Umrisse, lag niedrig über dem weiten Meer und war insgesamt etwa sieben oder acht Quadratmeilen groß.* Sie war vulkanischen Ursprungs und auf drei Seiten von Korallenriffen umsäumt. Einige Fumarolen im Norden und eine heiße Quelle waren die einzigen Spuren der Kräfte, die sie vor langer Zeit geschaffen hatten. Hin und wieder war das leichte Zittern eines Erdbebens zu merken, und zuweilen wurde die Rauchsäule durch Dampfstrahlen in drehende Bewegung versetzt. Aber das war alles. Die Bevölkerung der Insel, sagte mir

* Diese Schilderung trifft in jeder Hinsicht auf *Noble's Isle* zu. — C. E. P.

Montgomery, zählte jetzt mehr als sechzig dieser seltsamen Geschöpfe von Moreaus Kunst, die kleineren Monstrositäten, die im Unterholz lebten und nicht von menschlicher Gestalt waren, nicht mitgerechnet. Im ganzen hatte er etwa hundertundzwanzig gemacht, aber viele waren gestorben; und andere waren wie das sich windende, fußlose Wesen, von dem Moreau mir erzählt hatte, gewaltsam umgekommen. Als Antwort auf meine Frage sagte Montgomery, die Tiermenschen hätten tatsächlich Nachkommenschaft, doch sterbe sie meist. Es gab kein Beispiel für die Vererbung der erworbenen menschlichen Charakteristika. Wenn sie am Leben blieben, holte Moreau sie und prägte ihnen menschliche Form auf. Die weiblichen Wesen waren weniger zahlreich als die männlichen und hatten, trotz der vom Gesetz eingeschärften Monogamie, viel unter heimlicher Verfolgung zu leiden.

Es wäre mir unmöglich, diese Tiermenschen im einzelnen zu beschreiben — mein Auge ist auf Einzelheiten nicht trainiert — und unglücklicherweise kann ich nicht zeichnen. Am auffallendsten war vielleicht das Mißverhältnis zwischen den Beinen dieser Geschöpfe und der Länge ihres Rumpfes; und doch — so relativ sind unsere Begriffe von Schönheit — gewöhnte mein Auge sich an ihre Formen, und schließlich stimmte ich ihrer Überzeugung bei, daß meine eigenen langen Schenkel plump seien. Ein weiterer Punkt war die Neigung des Kopfes und die plumpe und unmenschliche Krümmung der Wirbelsäule. Selbst dem Affenmenschen fehlte jene Innenkurve des Rückens, die die menschliche Gestalt so anmutig macht. Die meisten hatten krumme Schultern, und ihre kurzen, schwächlichen Vorderarme hingen an der Seite herab. Nur wenige waren auffallend behaart — wenigstens bis zum Schluß meines Aufenthalts auf der Insel.

Bemerkenswert unförmig waren ihre Gesichter, die fast alle vorstehende Backenknochen hatten, um die Ohren herum mißgestaltet waren und große und vorragende Nasen zeigten; das Haar war sehr pelzig oder sehr borstig, und die Augen waren oft seltsam gefärbt oder seltsam stechend. Keiner konnte lachen, obgleich der Affenmensch ein schnatterndes Kichern hören ließ. Außer diesen allgemeinen Zeichen hatten ihre Köpfe wenig gemeinsam; jeder bewahrte die Art seiner besonderen Spezies; das Menschliche verzerrte, aber verbarg nicht den Leoparden, Ochsen, die Sau oder das andere Tier oder die Tiere, aus denen das Geschöpf gebildet worden war. Auch die Stimmen waren sehr verschieden. Die Hände waren stets schlecht geformt; und obgleich mich einige durch ihre unerwartete Ähnlichkeit mit Menschenhänden überraschten, hatten fast alle zu wenige oder zu viele Finger, waren an den Nägeln plump und ohne Tastempfindlichkeit.

Die beiden furchtbarsten Tiermenschen waren mein Leopardenmensch und ein Geschöpf, das aus einer Hyäne und einem Schwein gemacht war.

Größer als diese waren die drei Stiermenschen, die das Boot ruderten. Dann kamen der Silberhaarmensch, der zugleich Sprecher des Gesetzes war, M'ling und ein satyrartiges Geschöpf aus Affe und Ziege. Ferner gab es noch drei Schweinemänner und eine Schweinefrau, ein Rhinozerosstutengeschöpf und mehrere andere Weibchen, deren Herkunft ich nicht feststellen konnte. Mehrere waren Wolfwesen, eines ein Bär-Bulle, einer ein Bernhardinerhundmensch. Den Affenmenschen habe ich schon geschildert, und dann war da eine besonders abscheuliche (und übelriechende) Frau, die aus Füchsin und Bärin gemacht war, und die ich von Anfang an haßte. Sie war angeblich eine leidenschaftliche Priesterin des Gesetzes. Zu den kleineren Geschöpfen zählten gewisse fleckige Junge und mein kleines Faultierwesen. Aber genug davon!

Erst empfand ich entsetzliches Grauen vor diesen Tieren; ich fühlte allzu deutlich, daß sie noch Tiere waren; aber unmerklich gewöhnte ich mich an sie, und obendrein rührte mich Montgomerys Haltung ihnen gegenüber. Er war so lange mit ihnen zusammengewesen, daß er sie nun fast als normale menschliche Wesen ansah — seine Londoner Tage erschienen ihm nur noch als glorreiche, aber unwiederbringliche Vergangenheit. Nur einmal im Jahre oder so fuhr er nach Arica, um mit Moreaus Agenten, einem Tierhändler, zu verhandeln. Er traf in dieser Ansiedlung spanischer Mischlinge wohl kaum auf den schönsten Typus von Menschen. Die Leute auf dem Schiff, sagte er mir, wären ihm zuerst genauso fremdartig erschienen wie mir die Tiermenschen — unnatürlich langbeinig, flachgesichtig, mit fliehenden Stirnen, argwöhnisch, gefährlich und kaltherzig. Kurz, er mochte keine Menschen. Mir gegenüber, meinte er, sei ihm das Herz warm geworden, weil er mir das Leben gerettet hatte.

Es kam mir vor, als hege er eine heimliche Zärtlichkeit für einige dieser verwandelten Tiere, eine perverse Sympathie, die er aber zunächst vor mir zu verschleiern versuchte.

Der Mann mit dem schwarzen Gesicht, sein Diener M'ling, der erste vom Tiervolk, der mir begegnet war, lebte nicht bei den anderen, sondern in einer kleinen Hundehütte an der Hinterseite der Ummauerung. Das Geschöpf war kaum so intelligent wie der Affenmensch, aber viel folgsamer, und es sah vom ganzen Tiervolk am menschlichsten aus. Montgomery hatte ihn abgerichtet, Nahrung zuzubereiten, und überhaupt alle kleinen häuslichen Dienste zu verrichten, die nötig waren. Er war ein kompliziertes Ergebnis von Moreaus furchtbarer Geschicklichkeit — ein Bär, der mit Hund und Ochs vermischt war, und eines seiner am sorgfältigsten hergestellten Geschöpfe. Er behandelte Montgomery mit seltsamer Zärtlichkeit und Hingabe; bisweilen beachtete Montgomery das, klopfte ihm auf die Schulter, rief ihn mit halb spöttischen, halb scherzhaften Namen, so daß er vor Vergnügen sprang; bisweilen mißhandelte er ihn, besonders, wenn er sich an den Whisky herangemacht hatte, stieß ihn, schlug ihn, bewarf ihn mit Steinen oder brennendem Zunder. Aber, ob er ihn gut oder schlecht behandelte, M'ling liebte nichts so sehr, wie seinem Herrn nahe zu sein.

Ich sage, ich gewöhnte mich an das Tiervolk, und tausend Dinge, die mir unnatürlich und abstoßend erschienen waren, wurden mir natürlich und alltäglich. Ich glaube, alles im Leben erhält seine Farbe von der Durchschnittsfärbung unserer Umgebung: Montgomery und Moreau waren zu eigenartig und individuell, als daß ich meine allgemeinen Eindrücke von der Menschheit scharf umrissen bewahren hätte können. Ich sah wohl eines der plumpen Stiergeschöpfe, die im Boot gearbeitet hatten, schwerfällig durch das Gebüsch gehen, und ertappte mich, daß ich mich fragte und mich zu entsinnen bemühte, worin es sich von einem wirklich menschlichen Bauerntölpel unterschied, der von seiner stumpfsinnigen Arbeit nach Hause trabte; oder ich sah das verschlagene wölfische Gesicht der Füchsin-Bärin-Frau, das in seiner Listigkeit seltsam menschlich war, und meinte gar, ich hätte es schon in irgendeiner Stadtgasse gesehen.

Und doch erkannte ich hin und wieder unzweifelhaft und unbestreitbar das Tier in diesen Geschöpfen. Ein häßlicher Mann, ein buckliger, menschlicher Wilder, der im Eingang einer der Höhlen hockte, streckte die Arme aus und gähnte und zeigte mit erschreckender Plötzlichkeit scherenrandige Schneidezähne und säbelartige Eckzähne, scharf und glänzend wie Messer. Oder wenn ich auf einem schmalen Weg mit vorübergehender Verwegenheit einer geschmeidigen, weißumwickelten Frauengestalt ins Auge blickte, sah ich plötzlich (mit einem Anfall von Widerwillen), daß sie eine schlitzartige Pupille hatte, oder mir fiel, wenn ich niederblickte, der krumme Fingernagel auf, mit dem sie ihre Hülle zusammenhielt. Es ist übrigens merkwürdig, und ich kann es absolut nicht erklären, daß diese unheimlichen Geschöpfe, die Weibchen, meine ich, in den ersten Tagen meines Aufenthalts ihre abstoßende Plumpheit instinktiv fühlten und infolgedessen eine mehr als menschliche Rücksicht auf den Anstand und das Dekorum entfalteten.

16

WIE DAS TIERVOLK BLUT KOSTETE

Aber meine Unerfahrenheit als Schriftsteller schlägt durch, und ich schweife von meiner eigentlichen Erzählung ab. Als ich mit Montgomery gefrühstückt hatte, führte er mich über die Insel, um mir die Fumarole und die Quelle des heißen Baches zu zeigen, in dessen kochende Wasser ich am Tag vorher geraten war. Wir hatten beide Peitschen und geladene Revolver mit. Als wir durch ein belaubtes Dickicht gingen, hörten wir den Schrei eines Kaninchens. Wir standen still und lauschten, aber wir hörten nichts mehr und wanderten weiter, und bald vergaßen wir den Zwischenfall. Montgomery machte mich auf einige kleine, rosige Tiere mit langen Hinterbeinen aufmerksam, die durch das Buschwerk sprangen. Er sagte mir, das seien von Moreau erdachte Geschöpfe, die er aus der Nachkommenschaft des Tiervolks gemacht habe. Er hatte gemeint, sie würden als Fleischnahrung dienen können, aber die Angewohnheit der Kaninchen, ihre Jungen zu verschlingen, war hier durchgebrochen und hatte diese Absicht vereitelt. Mir waren schon während meiner Mondscheinflucht vor dem Leopardenmann und einmal auch am Tage vorher, als mich Moreau verfolgte, einige von diesen Geschöpfen begegnet. Zufällig sprang eines, das uns ausweichen wollte, in das Wurzelloch eines vom Winde gefällten Baumes. Ehe es wieder herausklettern konnte, gelang es uns, es zu fangen. Es fauchte wie eine Katze, kratzte, stieß kräftig mit den Hinterbeinen und versuchte zu beißen, aber seine Zähne waren zu schwach, es langte nur zu einem schmerzlosen Kneifen. Mir schien es ein ziemlich hübsches kleines Geschöpf zu sein, und da Montgomery behauptete, es zerstöre nie den Rasen durch Wühlen und sei sehr sauber, konnte ich es mir gut als Ersatz für das gewöhnliche Kaninchen in herrschaftlichen Parks vorstellen.

Wir sahen auch unterwegs noch einen Baumstumpf, dessen Rinde in langen Streifen abgerissen und der stark zersplittert war. Darauf machte Montgomery mich aufmerksam. „Nicht von Bäumen Rinde reißen; das ist das Gesetz“, sagte er. „Daraus machen sich einige viel!“ fügte er ironisch hinzu. Darauf, glaube ich, trafen wir den Satyr und den Affenmenschen. Der Satyr war wohl einer Erinnerung Moreaus an das klassische Altertum entsprungen. Das Gesicht zeigte einen schafsartigen Ausdruck, seine Stimme war ein scharfes Blöken, seine unteren Extremitäten sahen satanisch aus. Er nagte an der Schote einer Hülsenfrucht, als er an uns vorbeikam. Beide grüßten Montgomery.

„Heil“, sagten sie, „dem anderen mit der Peitsche!“

„Jetzt ist ein dritter mit einer Peitsche da“, sagte Montgomery. „Also nehmt euch besser in acht!“

„Ist er nicht gemacht?“ sagte der Affenmensch. „Er sagte — er sagte, er sei gemacht.“

Der Satyrmensch sah mich neugierig an. „Der dritte mit der Peitsche, der, der weinend ins Meer läuft, hat ein dünnes weißes Gesicht.“

„Er hat eine dünne lange Peitsche“, sagte Montgomery.

„Gestern blutete und weinte er“, erklärte der Satyr. „Du weinst und blutest nie. Der Herr weint und blutet nie.“

„Elender Bettler!“ rief Montgomery. „Wenn du nicht aufpaßt, wirst du weinen und bluten.“

„Er hat fünf Finger; er ist ein Fünfmensch wie ich“, sagte der Affenmensch.

„Kommen Sie mit, Prendick“, meinte Montgomery und nahm meinen Arm; ich ging mit ihm weiter.

Der Satyr und der Affenmensch standen da und beobachteten uns und machten weitere Bemerkungen.

„Er sagt nichts“, stellte der Satyr fest. „Menschen haben Stimmen.“

„Gestern fragte er mich nach etwas zum Essen“, sagte der Affenmensch. „Er wußte nichts.“ Dann sprachen sie unhörbar leise, und ich hörte den Satyr lachen.

Auf unserm Rückweg sahen wir das tote Kaninchen. Der rote Leib des armen kleinen Tieres war in Stücke zerrissen, viele von den Rippen entblößt, und die Wirbelsäule ohne Zweifel benagt.

Da stand Montgomery still. „Guter Gott!" sagte er, bückte sich und hob einige der zermalmten Halswirbel auf, um sie genauer zu prüfen. „Guter Gott!" wiederholte er. „Was kann das heißen?"

„Einer Ihrer Fleischfresser hat sich seiner früheren Gewohnheiten erinnert", meinte ich nach einer Pause. „Dieser Halswirbel ist durchgebissen."

Er stand da, mit weißem Gesicht, verzerrten Lippen und großen Augen. „Das gefällt mir nicht", sagte er langsam.

„Ich habe etwas Ähnliches gesehen", sagte ich, „am ersten Tage, nachdem ich angekommen war."

„Zum Teufel! Was?"

„Ein Kaninchen, dem der Kopf abgerissen war."

„Am Tag, als Sie ankamen?"

„Am Tag, als ich ankam. Im Gebüsch hinter der Ummauerung, als ich abends ausging. Der Kopf war vollständig abgerissen."

Er pfiff lange und leise.

„Und was mehr ist, ich habe eine Idee, welches von Ihren Tieren das getan hatte. Es ist nur ein Verdacht, wissen Sie. Ehe ich das Kaninchen fand, sah ich eines Ihrer Ungeheuer aus dem Bache trinken."

„Schlürfen?"

„Ja."

„Nicht das Wasser schlürfen; das ist das Gesetz. Die Bestien kümmern sich viel ums Gesetz, eh — wenn Moreau nicht herumläuft?"

„Es war der Tiermensch, der mich gejagt hat."

„Natürlich", sagte Montgomery; „es gehört zu dieser Art von Fleischfressern. Nach dem Fressen trinken sie. Wegen des Blutgeschmacks, wissen Sie."

„Wie sah das Vieh aus?" fragte er. „Würden Sie's wiedererkennen?" Er sah sich um; er stand über dem Rest des toten Kaninchens und seine Augen schweiften durch das schattige Grün, über die Verstecke und Hinterhalte des Waldes, die uns umgaben. „Der Blutgeschmack", sagte er noch einmal.

Er zog seinen Revolver heraus, prüfte die Patronen und steckte ihn wieder ein. Dann begann er an seiner Unterlippe zu nagen.

„Ich glaube, ich würde das Tier wiedererkennen. Ich habe es betäubt. Es müßte eine schöne Beule an der Stirn haben."

„Aber dann müssen wir *beweisen,* daß es das Kaninchen getötet hat", sagte Montgomery. „Ich wollte, ich hätte die Kaninchen nie mitgebracht."

Ich wäre weitergegangen, aber er blieb stehen und zerbrach sich den Kopf wegen des zerfleischten Kaninchens. Ich ging weiter, bis die Reste des Kaninchens nicht mehr zu sehen waren.

„Kommen Sie!" rief ich.

Dann wachte er auf und kam zu mir. „Sie sehen", sagte er fast flüsternd, „man muß ihnen allen das Verbot einbleuen, irgend etwas zu essen, was auf dem Lande läuft. Wenn ein solches Tier zufällig Blut gekostet hat..."

Wir gingen schweigend weiter. „Ich möchte wissen, was passiert ist", sagte er vor sich hin. Dann nach einer Pause wieder: „Ich habe neulich etwas Törichtes getan. Mein Diener da ... dem hab' ich gezeigt, wie man ein Kaninchen häutet und kocht. Es ist merkwürdig... Ich sah, wie er sich die Hände leckte... Daran habe ich noch nie gedacht."

Und dann: „Dem müssen wir ein Ende machen. Ich muß es Moreau sagen."

Er konnte auf unserer Heimwanderung an nichts anderes denken.

Moreau nahm die Sache noch ernster als Montgomery, und ich brauche kaum zu sagen, daß mich die offensichtliche Bestürzung der beiden ansteckte. „Wir müssen ein Exempel statuieren", sagte Moreau. „Ich für meinen Teil zweifle nicht, daß der Leopardenmensch der Sünder war. Aber wie können wir es beweisen? Ich wollte, Montgomery, Sie hätten Ihren Appetit auf Fleisch bezwungen und keine so aufregenden Neuigkeiten eingeführt. Wir können dadurch noch in die Klemme kommen."

„Ich bin ein alberner Esel gewesen", antwortete Montgomery. „Aber jetzt ist es geschehen. Und Sie sagten, ich könnte die Kaninchen haben, wissen Sie."

„Wir müssen die Sache sofort untersuchen", sagte Moreau. „Ich denke, M'ling wird für sich selber sorgen können?"

„Ich bin M'lings nicht so sicher", erwiderte

Montgomery. „Ich denke, ich sollte ihn kennen."

Am Nachmittag gingen Moreau, Montgomery, ich und M'ling über die Insel zu den Hütten in der Schlucht. Die beiden Wissenschaftler und ich waren bewaffnet. M'ling trug das kleine Beil, das er benutzte, um Feuerholz zu spalten, und ein paar Drahtschlingen. Moreau hatte sich ein großes Kuhhirtenhorn über die Schulter gehängt. „Sie werden eine Versammlung der Tiermenschen sehen", sagte Montgomery. „Es ist ein hübscher Anblick." Moreau sprach unterwegs kein Wort, aber seine Miene war grimmig verbissen.

Wir kamen durch die Schlucht, in der der Heißwasserbach dampfte, und folgten dem gewundenen Pfad durch das Rohrgebüsch, bis wir eine weite Fläche erreichten, die mit einer dicken gelben, pulvrigen Substanz bedeckt war; ich glaube, es war Schwefel. Hinter einer mit Unkraut bewachsenen Böschung glitzerte das Meer. Wir kamen zu einer flachen, ovalen Lichtung, und hier machten wir vier halt. Dann stieß Moreau ins Horn und brach die schläfrige Stille des tropischen Nachmittags. Er mußte starke Lungen haben. Der dröhnende Schall wuchs und wuchs infolge der Echos bis zu einer zuletzt ohrenbetäubenden Intensität. „Ah", sagte Moreau, als er das krumme Instrument wieder fallen ließ.

Sofort krachte es im gelben Schilf, und Stimmen schallten aus den dichten, grünen Dschungeln, die den Morast bedeckten, durch den ich am Tag vorher gelaufen war. Dann erschienen an drei oder vier Punkten die grotesken Gestalten der Tiermenschen am Rande der schwefligen Fläche und eilten auf uns zu. Ich konnte mich eines schleichenden Grauens nicht erwehren, als ich erst einen und dann den andern aus den Bäumen und dem Schilf hervortraben und mit schlenkernden Bewegungen über den heißen Staub daherkommen sah. Aber Moreau und Montgomery standen ganz ruhig da, und ich hielt mich dicht neben ihnen. Der erste, der bei uns ankam, war der Satyr, seltsam unreal, obgleich er einen Schatten warf und mit den Hufen den Staub aufwirbelte; hinter ihm kroch ein monströser Lümmel aus dem Gebüsch, ein Mischwesen aus Pferd und Rhinozeros, das einen Strohhalm kaute; dann erschienen die Schweinefrau und zwei Wolfsfrauen; dann die Füchsin-Bärin-Hexe mit den roten Augen im spitzen, roten Gesicht und dann weitere — alle liefen eilig. Wenn sie herankamen, verbeugten sie sich demütig vor Moreau und begannen, ohne Rücksicht aufeinander, Fragmente aus der zweiten Hälfte der Gesetzeslitanei zu singen. „*Sein* ist die Hand, die verwundet, *Sein* ist die Hand, die heilt“, und so weiter.

Sobald sie bis auf eine bestimmte Entfernung — vielleicht dreißig Meter — herangekommen waren, machten sie halt, beugten sich auf Knie und Ellbogen und streuten sich den heißen Staub über die Köpfe. Man stelle sich die Szene vor, wenn man kann! Wir drei blaugekleideten Männer standen mit unserem ungestalten, schwarzgesichtigen Begleiter auf einer weiten Fläche sonnenbeleuchteten, gelben Staubes unter blendend blauem Himmel, und um uns dieser Kreis kauernder und gestikulierender Monstrositäten, einige fast menschlich, einige wie Krüppel, einige so seltsam verrenkt, daß sie Gestalten aus unseren wildesten Träumen glichen. Und dahinter auf einer Seite das Schilf, auf der andern ein dichtes Wirrwarr von Palmen, die uns von der Schlucht mit den Hütten trennten, und im Norden der dunstige Horizont des Großen Ozeans.

„Zweiundsechzig, dreiundsechzig", zählte Moreau. „Es fehlen noch vier."

„Ich sehe den Leopardenmenschen nicht", sagte ich.

Darauf stieß Moreau noch einmal in das große Horn, und bei dem Schall wanden sich alle Tiermenschen am Boden. Da kam aus dem Rohrdickicht, dicht gegen den Boden gedrückt und bemüht, hinter Moreaus Rücken in den Kreis seiner sich in den Staub werfenden Genossen zu gelangen, der Leopardenmensch geschlichen. Ich sah, daß seine Stirn eine Beule trug. Der letzte vom Tiervolk, der eintraf, war der kleine Affenmensch. Die früher angekommenen Tiere, denen noch heiß war vom Kriechen, schossen giftige Blicke gegen ihn.

„Aufhören", sagte Moreau mit seiner festen, lauten Stimme, und die Tiermenschen setzten sich auf ihre Hintern und ruhten von ihrer Anbetung aus.

„Wo ist der Sprecher des Gesetzes?" fragte Moreau, und das haarige graue Ungeheuer beugte das Gesicht in den Staub.

„Sage die Worte“, befahl Moreau, und alsbald begann die ganze kniende Versammlung sich hin und her zu wiegen, den Schwefel mit den Händen aufzuwühlen, erst mit der Rechten, dann mit der Linken, und ihre seltsame Litanei noch einmal zu singen.

Als sie sagten: „Essen weder Fleisch noch Fisch; das ist das Gesetz“, hielt Moreau seine dünne, weiße Hand hoch. „Halt!“ rief er, und eine absolute Stille senkte sich über alle.

Ich glaube, alle wußten und fürchteten, was nun kam. Ich blickte rings auf ihre seltsamen Gesichter. Als ich sah, wie sie sich wanden, und die verstohlene Furcht in den glänzenden Augen entdeckte, wunderte ich mich, wie ich sie je hatte für Menschen halten können.

„Das Gesetz ist gebrochen worden“, sagte Moreau.

„Keiner entkommt“, rief das gesichtlose Geschöpf mit dem silbrigen Haar. „Keiner entkommt“, wiederholte der kniende Kreis des Tiervolks.

„Wer ist es?“ rief Moreau und blickte rings in ihre Gesichter und knallte mit der Peitsche. Mir schien, das Hyänenschwein sah bedrückt aus, ebenso der Leopardenmensch. Moreau blieb vor diesem Geschöpf stehen; es wand sich vor ihm in Erinnerung und Furcht unendlicher Qual.

„Wer ist es?“ wiederholte Moreau mit Donnerstimme.

„Böse ist der, der das Gesetz bricht“, sang der Sprecher des Gesetzes.

Moreau blickte dem Leopardenmenschen in die Augen und schien die Seele selber aus dem Geschöpf herauszuziehen.

„Wer das Gesetz bricht...", sagte Moreau, während er den Blick von seinem Opfer wandte und sich zu uns drehte. Mir schien, daß in seiner Stimme ein Anflug von Triumph lag.

„... geht zurück in das Haus des Schmerzes", riefen sie alle; „geht zurück in das Haus des Schmerzes, o Herr!"

„Zurück in das Haus des Schmerzes — zurück in das Haus des Schmerzes", schnatterte der Affenmensch, als wäre ihm die Vorstellung angenehm.

„Hörst du's?" fragte Moreau, indem er sich wieder an den Verbrecher wandte, „mein Freun... Hallo!"

Denn der Leopardenmensch war, sowie Moreaus Auge ihn nicht mehr bannte, stracks von den Knien aufgesprungen und stürzte jetzt mit flammenden Augen — seine katzenartigen Fangzähne blitzten unter den Lippen hervor — auf seinen Peiniger zu. Ich bin überzeugt, nur der Wahnsinn unerträglicher Furcht hatte diesen Angriff eingeben können. Sämtliche der sechzig Ungeheuer um uns herum schienen sich zu erheben. Ich zog den Revolver. Die beiden Gestalten stießen zusammen. Ich sah Moreau vom Schlage des Leopardenmenschen zurücktaumeln. Rings um uns erhob sich ein furchtbares Schreien und Heulen. Einen Moment glaubte ich, es sei eine allgemeine Empörung.

Ich sah das wütende Gesicht des Leopardenmenschen, der an mir vorbeirannte. M'ling folgte ihm auf den Fersen. Ich sah die gelben Augen des Hyänenschweins vor Aufregung blitzen; es sah aus, als sei es halb entschlossen, mich anzufallen. Auch der Satyr funkelte mich über die krummen Schultern des Hyänenschweins her an. Ich hörte Moreaus Pistole krachen und sah den Feuerstrahl durch den Tumult zucken. Die ganze Menge schwenkte herum, und auch ich wurde von dieser Bewegung mitgerissen. In der nächsten Sekunde lief ich, ein einzelner in einer tobenden, schreienden Schar, hinter dem fliehenden Leopardenmenschen her.

Das ist alles, was ich bestimmt sagen kann. Ich sah, wie der Leopardenmensch auf Moreau einschlug, und dann wirbelte alles um mich herum, bis ich Hals über Kopf davonlief.

M'ling war der erste, dem Flüchtling knapp auf den Fersen. Hinter ihm liefen, schon mit lang heraushängenden Zungen, in großen Sprüngen, die Wolfsfrauen. Das Schweinevolk folgte und quietschte vor Aufregung; dann kamen die beiden Stiermenschen in ihren weißen Bandagen. Dahinter rannte dann Moreau in einem Knäuel von Tiervolk; sein breitrandiger Strohhut war ihm davongeflogen, den Revolver hielt er in der Hand, sein dünnes weißes Haar wehte in der Luft. Das Hyänenschwein lief im gleichen Schritt neben mir her und sah mich aus seinen Raubtieraugen verstohlen an; die anderen kamen trappelnd und schreiend hinter uns.

Der Leopardenmensch brach durch das hohe Schilf, das hinter ihm zurückschnellte und M'ling ins Gesicht rasselte. Wir anderen, die wir hinterdrein liefen, fanden einen ausgetretenen Pfad vor, als wir das Gebüsch erreichten. Die Jagd ging vielleicht eine Viertelmeile weit durch das Gebüsch und tauchte dann in ein dichteres Dickicht hinein, das uns beträchtlich aufhielt, obgleich wir in geschlossener Formation durchbrachen — Laubmassen schnellten uns ins Gesicht, tückische Schlingpflanzen fingen uns unterm Kinn oder schlangen sich um unsere Knöchel, dornige Pflanzen hakten sich zugleich in Kleider und Fleisch und zerrissen uns die Haut.

„Hier ist er auf allen vieren durchgebrochen", keuchte Moreau, der jetzt gerade vor mir war.

„Keiner entkommt", sagte der Wolfbär und lachte mir frohlockend vor Jagdlust ins Gesicht.

Wir stürmten weiter, diesmal über Felsbrocken, und sahen unser Wild vor uns, wie es auf allen vieren davonlief und uns über die Schulter her anknurrte. Da heulte das Wolfsvolk vor Wonne. Das Geschöpf war noch bekleidet, und in der Ferne sah sein Gesicht noch menschlich aus, aber die Haltung der vier Gliedmaßen war die einer Katze, und das verstohlene Senken der Schulter verriet deutlich die Angst des gejagten Tieres. Es sprang über einige gelbblühende Dornenbüsche und war verschwunden. M'ling war beinahe über den Platz hinüber.

Die meisten von uns kamen nicht mehr so schnell vorwärts wie am Beginn der Jagd und waren in gleichmäßiges Schrittempo gefallen. Ich sah, als wir über den offenen Platz liefen, daß die Meute sich aus einer Kolonne in eine langgezogene Linie verwandelt hatte. Das Hyänenschwein lief noch dicht neben mir und beobachtete mich im Laufen, wobei es die Schnauze von Zeit zu Zeit zu einem knurrenden Lachen zusammenzog.

Am Rande der Felsfläche hatte der Leopardenmensch, der merkte, daß er auf die Landzunge loslief, auf der er mich am Abend meiner Landung beschlichen hatte, im Unterholz einen Haken geschlagen. Aber Montgomery hatte das Manöver gesehen und machte ebenfalls kehrt.

So half ich keuchend, gegen Felsen taumelnd, von Dornenranken zerrissen, behindert von Farnen und Schilf, bei der Verfolgung des Leopardenmenschen, der das Gesetz gebrochen hatte, und das Hyänenschwein lief mir wild lachend zur Seite. Ich stolperte vorwärts, der Kopf wirbelte mir und das Herz pochte gegen meine Rippen; ich war todmüde und wagte doch nicht, die anderen aus dem Auge zu verlieren, um nicht mit diesem furchtbaren Gefährten allein zu bleiben. Ich stolperte trotz unendlicher Ermattung und trotz der brütenden Hitze des tropischen Nachmittags weiter.

Und schließlich ließ die Wut der Verfolger nach. Wir hatten das elende Geschöpf in einem Winkel der Insel eingeschlossen. Moreau ordnete uns, die Peitsche in der Hand, in eine unregelmäßige Linie, und wir rückten jetzt langsam vor, während wir einander dabei zuriefen, und zogen einen Kordon um unser Opfer. Es lauerte geräuschlos und unsichtbar in den Büschen, durch die ich bei jener nächtlichen Verfolgung vor ihm geflohen war.

„Ruhig!“ rief Moreau, „ruhig!“, als wir das Gewirr von Unterholz erreichten und das Tier einschlossen.

„Achtung vor ’nem Ausfall!“ tönte Montgomerys Stimme hinter uns aus dem Dickicht.

Ich stand auf dem Hang über den Büschen. Montgomery und Moreau gingen unten am Strand entlang. Langsam drangen wir durch das Netzwerk von Zweigen und Laub vor. Der Leopardenmensch verhielt sich still.

„Zurück in das Haus des Schmerzes, in das Haus des Schmerzes, in das Haus des Schmerzes!“ bellte die Stimme des Affenmenschen einige zwanzig Meter rechts von mir.

Als ich das hörte, vergab ich dem armen Geschöpf alle Furcht, die es mir eingeflößt hatte. Ebenfalls rechts von mir brachen unter dem schweren Tritt des Pferderhinozeros die Äste und die Zweige schnellten zurück. Dann sah ich plötzlich durch das gezackte Laub hindurch im Halbdunkel unter dem üppigen Grün das Geschöpf, das wir jagten. Ich blieb stehen. Es hatte sich so klein wie möglich gemacht und blickte mich mit seinen leuchtenden grünen Augen an.

Es mag als ein seltsamer Widerspruch erscheinen — ich kann die Tatsache nicht erklären —, aber jetzt, da ich das Wesen dort in einer ganz und gar tierischen Haltung sah, mit seinen funkelnden Augen, und das unvollkommen menschliche Gesicht vor Angst verzerrt, da empfand ich wieder, wie sehr menschlich es doch war. Noch einen Moment, und die anderen Verfolger mußten es sehen, und es würde überwältigt und gefangen, um noch einmal die furchtbaren Qualen innerhalb der Ummauerung zu erfahren. Rasch zog ich den Revolver heraus, zielte zwischen die angsterfüllten Augen und feuerte.

In diesem Augenblick sah das Hyänenschwein das Geschöpf, warf sich mit einem gierigen Schrei darauf und schlug ihm blutdurstige Zähne in den Nacken. Rings um mich schwankten und krachten die grünen Massen des Dickichts, als das Tiervolk herbeistürzte. Ein Gesicht nach dem andern tauchte auf.

„Töten Sie's nicht, Prendick", rief Moreau. „Töten Sie's nicht!" Und ich sah, wie er sich bückte, als er unter dem Laub der großen Farne durchbrach.

Im nächsten Moment hatte er das Hyänenschwein mit dem Griff seiner Peitsche zurückgeschlagen, und er und Montgomery hielten das aufgeregte, fleischfressende Tiervolk, und besonders M'ling, von dem noch zuckenden Leichnam ab. Das haarige graue Wesen kroch, nach der Leiche schnüffelnd, unter meinem Arm durch. Die anderen Tiere stießen mich beiseite, um besser sehen zu können.

„Verdammt, Prendick!“ rief Moreau. „Ich wollte ihn haben.“

„Tut mir leid“, sagte ich, obgleich es mir nicht leid tat. „Es ist ganz spontan geschehen.“ Ich fühlte mich krank vor Anstrengung und Aufregung. Ich drehte mich um, arbeitete mich aus dem Haufen des mich umdrängenden Tiervolkes heraus und ging allein den Hang hinauf zum höher gelegenen Teil der Landzunge. Ich hörte Moreaus gebieterische Stimme und knackende Geräusche, als die drei weißbandagierten Stiermenschen das Opfer zum Wasser hinunterschleppten.

Es war jetzt nicht schwer, allein zu sein. Das Tiervolk bekundete eine ganz menschliche Neugier für die Leiche und folgte ihr in dichter Schar; die Geschöpfe knurrten und beschnüffelten sie, als die Stiermenschen sie den Strand hinunterschleiften. Ich ging zu der Landzunge und beobachtete die Stiermenschen, wie sie, schwarz vor dem Abendhimmel, die schwere Last ins Meer hinaustrugen, und wie eine Eingebung überkam mich die Einsicht in die unsägliche Zwecklosigkeit der Vorgänge auf dieser Insel. Am Strand zwischen den Felsen unter mir standen der Affenmensch, das Hyänenschwein und noch ein paar andere vom Tiervolk um Moreau und Montgomery herum. Sie waren alle äußerst aufgeregt und flossen über von Beteuerungen ihrer Treue gegen das Gesetz. Und doch war ich absolut überzeugt, daß das Hyänenschwein am Töten der Kaninchen beteiligt gewesen war. Eine seltsame Gewißheit überkam mich, daß ich hier — wenn auch in groben Linien und grotesken Formen — im kleinen die ganze Bilanz des menschlichen Lebens vor mir hatte, das ganze Zusammenspiel von Instinkt, Vernunft und Schicksal in seiner einfachsten Form. Der Leopardenmensch war zufällig zugrunde gegangen. Das war der ganze Unterschied.

Die armen Tiere! Ich begann die gemeinere Seite von Moreaus Grausamkeit zu sehen. Ich hatte bisher noch nicht an den Schmerz und die Unruhe gedacht, die diese armen Opfer befielen, nachdem sie aus Moreaus Händen gekommen waren. Mir hatte nur vor den Tagen der wirklichen Peinigung im Hause geschaudert. Aber jetzt schien mir das der geringere Teil. Vorher waren sie Tiere gewesen; ihre Instinkte waren ihrer Umgebung angepaßt, und sie selbst so glücklich, wie lebendige Wesen nur sein können. Jetzt stolperten sie in den Fesseln der Menschlichkeit dahin, lebten in einer Angst, die niemals starb, von einem Gesetz gequält, das sie nicht verstanden; ihre halbmenschliche Existenz begann in Qualen, war ein einziger langer, innerer Kampf, eine einzige lange Furcht vor Moreau — und wozu? Die Nutzlosigkeit regte mich auf.

Hätte Moreau irgendein verständliches Ziel gehabt, so hätte ich wenigstens ein wenig mit ihm sympathisieren können. So empfindlich gegen den Schmerz bin ich nicht. Ich hätte ihm vielleicht sogar teilweise verziehen, wenn sein Motiv Haß gewesen wäre. Aber er war so verantwortungslos, so absolut gleichgültig. Seine Wißbegierde, seine tollen, ziellosen Forschungen trieben ihn vorwärts, und die von ihm geschaffenen Wesen wurden ausgesetzt, um ein Jahr oder so zu leben; um zu kämpfen, zu irren und zu leiden; um schließlich in Schmerzen zu sterben. Sie waren elend, der alte tierische Haß drängte sie, sich gegenseitig zu beunruhigen; nur das Gesetz hielt sie von einem kurzen, heißen Kampf und der klaren Entscheidung ihrer natürlichen Feindseligkeiten zurück.

In diesen Tagen entsprach meine Furcht vor dem Tiervolk meiner persönlichen Furcht für Moreau. Ich verfiel in einen krankhaften, leidenden Zustand, der auf meinem Geist dauernde Narben zurückgelassen hat. Ich muß gestehen, daß ich den Glauben an die Gesundheit der Welt verlor, als ich sah, daß diese Welt die schmerzhafte Unordnung dieser Insel duldete. Ein blindes Schicksal, ein ungeheurer, erbarmungsloser Mechanismus schien dieses Dasein zu formen, und Moreau (durch seine Leidenschaft für die Forschung), Montgomery (durch seine Leidenschaft für das Trinken), ich und das Tiervolk mit seinen Instinkten und geistigen Beschränkungen wurden erbarmungslos, unvermeidlich in dem unendlich komplizierten, nie ruhenden Räderwerk zerrissen und zermalmt. Aber dieser Zustand kam nicht über Nacht... Ich glaube wirklich, ich greife ein wenig vor, wenn ich jetzt schon davon rede.

17

EINE KATASTROPHE

Nach kaum sechs Wochen hatte ich jede Empfindung außer Abneigung und Widerwillen gegen die schändlichen Experimente Moreaus verloren. Mein einziger Gedanke war, von diesen furchtbaren Karikaturen der Schöpfung fortzukommen, zurück zur frischen und gesunden Betriebsamkeit der Menschen. Meine anfängliche Freundschaft mit Montgomery vertiefte sich nicht. Seine lange Trennung von den Menschen, das heimliche Laster des Trinkens, seine offenbare Sympathie für das Tiervolk machten ihn mir verhaßt. Mehrere Male ließ ich ihn allein zu den Tiermenschen gehen. Ich vermied den Verkehr mit ihnen auf jede mögliche Weise. Ich verbrachte einen immer größeren Teil meiner Zeit am Strand und sah nach einem erlösenden Segel aus, das nie erschien, bis uns eines Tages ein entsetzliches Unheil befiel, das meine unheimliche Umgebung entscheidend veränderte.

Es war etwa sieben oder acht Wochen nach meiner Landung — eher mehr, denke ich, obgleich ich mich nie bemüht hatte, das Zeitgefühl nicht zu verlieren —, als diese Katastrophe hereinbrach. Es war am frühen Morgen — etwa gegen sechs. Ich war früh aufgestanden und hatte gefrühstückt; der Lärm dreier Tiermenschen, die Holz in den ummauerten Hof trugen, hatte mich aufgeweckt.

Nach dem Frühstück ging ich zu dem offenen Tor der Ummauerung, stand eine Weile dort, rauchte eine Zigarette und genoß die Frische des Morgens. Bald kam Moreau um die Ecke und grüßte mich. Er ging an mir vorbei, und ich hörte, wie er hinter mir sein Laboratorium aufschloß und betrat. Ich hatte mich mittlerweile so an die Greuel dieses Orts gewöhnt, daß ich ohne eine Spur von Erregung hörte, wie für das Pumaopfer ein neuer Tag der Qual begann. Das Tier empfing seinen Peiniger mit einem Schrei, der fast genau dem einer wütenden Amazone glich.

Dann geschah etwas. Was es war, weiß ich bis zum heutigen Tag nicht genau. Ich hörte hinter mir einen scharfen Schrei, einen Sturz, wandte mich um, und sah ein furchtbares Gesicht auf mich losstürzen, kein menschliches, kein tierisches, sondern ein höllisches, braun, mit roten verästelten Narben übersät, aus denen rote Tropfen traten, die lidlosen Augen flackernd. Ich warf meinen Arm in die Höhe, um den Hieb abzuwehren, der mich mit solcher Wucht kopfüber zu Boden schleuderte, daß ich mit gebrochenem Arm liegenblieb; und das mit Scharpie und rotgefleckten Bandagen umwickelte Ungeheuer sprang über mich fort. Ich überschlug mich mehrmals und rollte den Strand hinunter, versuchte, mich aufzusetzen und brach vollends zusammen. Dann erschien Moreau; sein massiges weißes Gesicht sah schrecklich aus, das Blut tropfte ihm von der Stirne; in der einen Hand trug er einen Revolver. Er sah mich kaum an, sondern stürzte hinter dem Puma her.

Ich versuchte, mich auf den andern Arm zu stützen und setzte mich auf. Die umwickelte Gestalt da vorn lief in großen Sätzen und Sprüngen den Strand entlang, und Moreau folgte ihr. Sie wandte den Kopf und sah ihn; dann schlug der Puma plötzlich einen Haken und stürzte auf die Büsche los. Er gewann mit jedem Schritt an Vorsprung. Ich sah ihn in das Unterholz hineintauchen, und Moreau, der schräg am Waldrand entlanglief, um ihn abzufangen, feuerte und fehlte, als er verschwand. Dann stürzte auch Moreau sich in die grüne Wildnis.

Ich starrte ihnen nach, und dann flammte der Schmerz in meinem Arm auf. Ich rappelte mich stöhnend auf. Montgomery erschien angezogen und mit dem Revolver in der Hand im Tor.

„Großer Gott, Prendick!“ sagte er, ohne zu merken, daß ich verletzt war. „Die Bestie ist los! Hat die Kette aus der Mauer gerissen. Haben Sie sie gesehen?“ Dann rief er scharf, als er sah, daß ich nach meinem Arm griff: „Was ist?“

„Ich stand im Tor“, antwortete ich.

Er trat heran und betrachtete meinen Arm. „Blut auf dem Ärmel“, sagte er und streifte den Flanell zurück. Er steckte die Waffe in die Tasche, befühlte sorgfältig meinen Arm und führte mich ins Haus. „Ihr Arm ist gebrochen“, sagte er; und dann: „Erzählen Sie mir genau, wie es geschehen ist, was geschehen ist.“

Ich erzählte ihm, was ich gesehen hatte, erzählte in abgehackten Sätzen, mit Lücken des Schmerzes dazwischen, und er verband mir indessen den Arm sehr geschickt und schnell. Er legte mir eine Binde um die Schulter, trat zurück und sah mich an. „Das wird gehen“, sagte er. „Und jetzt?“ Er dachte nach. Dann ging er hinaus und verschloß die Tore der Ummauerung. Er blieb einige Zeit fort.

Mich beschäftigte hauptsächlich mein Arm. Der Zwischenfall erschien mir nur als eines mehr von vielen furchtbaren Dingen. Ich setzte mich in den Schiffsstuhl und, ich muß es gestehen, verfluchte die Insel von Herzen. Ich fühlte einen brennenden Schmerz in meinem Arm, als Montgomery wieder erschien.

Sein Gesicht war ziemlich bleich, und wenn er den Mund öffnete, war das Zahnfleisch seines Unterkiefers deutlicher zu sehen als jemals zuvor. „Ich habe ihn weder gesehen noch gehört“, sagte er. „Ich habe mir gedacht, vielleicht braucht er meine Hilfe.“ Er starrte mich mit seinen ausdruckslosen Augen an. „Das war eine starke Bestie“, erklärte er. „Sie riß die Fesseln einfach aus der Mauer.“

Er trat ans Fenster, dann an die Tür, und dort drehte er sich zu mir um. „Ich werde ihm nachgehen“, sagte er. „Wir haben noch einen Revolver, den werde ich Ihnen hierlassen. Um Ihnen die Wahrheit zu sagen, ich bin ziemlich besorgt.“

Er holte die Waffe und legte sie vor mir auf den Tisch, dann ging er hinaus. Seine Besorgnis hatte mich angesteckt. Ich blieb nicht lange sitzen, als er fort war. Ich nahm den Revolver in die Hand und trat zur Tür.

Der Morgen war still wie der Tod. Kein Windhauch rührte sich, die See lag da wie poliertes Glas, der Himmel war leer, der Strand verlassen. In meinem erregten, ja fieberigen Zustand bedrückte mich diese Stille.

Ich versuchte zu pfeifen, und die Melodie erstarb. Ich fluchte noch einmal — das zweite Mal an diesem Morgen. Dann ging ich an die Ecke der Ummauerung und spähte über den grünen Busch, der Moreau und Montgomery verschluckt hatte, ins Land hinein. Wann würden sie zurückkehren, und wie?

Plötzlich erschien weit oben am Strand ein kleiner grauer Tiermensch, lief zum Wasserrand hinunter und begann, umherzuspritzen. Ich schlenderte zum Tor zurück, dann wieder zur Ecke, und so begann ich wie ein Posten auf Wache auf und ab zu schreiten. Einmal blieb ich stehen, als ich Montgomerys ferne Stimme hörte; sie rief: „Ooo — heee . . . Mor—eau!“ Mein Arm schmerzte weniger, war aber sehr heiß. Ich spürte, daß ich Fieber hatte, und fühlte mich durstig. Mein Schatten wurde kürzer. Ich beobachtete die ferne Gestalt, bis sie sich wieder entfernt hatte. Würden Moreau und Montgomery je zurückkehren? Drei Seevögel begannen um irgendeine gestrandete Köstlichkeit zu kämpfen.

Dann hörte ich weit hinter der Ummauerung einen Revolverschuß. Eine lange Stille, und dann knallte es nochmals. Dann ertönte in größerer Nähe ein gellender Schrei, und wieder folgte ein furchtbares Schweigen. Meine unglückliche Phantasie begann zu arbeiten und quälte mich. Dann ertönte plötzlich ganz in der Nähe ein Schuß.

Ich rannte erschreckt an die Ecke und sah Montgomery, das Gesicht blutrot, das Haar wirr, seine Hose am Knie zerrissen. Sein Gesicht drückte tiefe Bestürzung aus. Hinter ihm schlich der Tiermensch M'ling, und an M'lings Kiefern zeigten sich einige ominöse braune Flecken.

„Ist er gekommen?" fragte er.

„Moreau?" sagte ich. „Nein."

„Mein Gott!" Der Mann war atemlos, er schluchzte fast nach Luft. „Gehen Sie wieder hinein", sagte er und nahm meinen Arm. „Sie sind alle wie toll. Was kann geschehen sein? Ich weiß es nicht. Ich will's Ihnen erzählen, wenn ich wieder Luft habe. Wo ist Brandy?"

Er hinkte vor mir ins Zimmer und setzte sich in den Schiffsstuhl. M'ling warf sich vor der Tür hin und begann wie ein Hund zu keuchen. Ich brachte Montgomery etwas Brandy und Wasser. Er saß da und starrte ausdruckslos vor sich hin, während er wieder zu Atem zu kommen suchte.

Nach einigen Minuten begann er mir zu erzählen, was geschehen war.

Er war der Spur Moreaus und seines Opfers eine Strecke weit gefolgt. Sie war zuerst wegen der abgebrochenen Zweige und zermalmten Büsche deutlich genug, weiße Fetzen waren von den Bandagen des Puma gerissen und da und dort war das Laub der Sträucher und des Unterholzes mit Blut beschmiert. Auf dem steinigen Grund am Bach, wo ich den Tiermenschen hatte trinken sehen, hatte er jedoch die Spur verloren und war dann ziellos nach Westen weitergewandert, stets Moreaus Namen rufend. Dann war M'ling mit einem leichten Beil zu ihm gestoßen. M'ling hatte nichts von der Puma-Affäre gesehen, hatte Holz gefällt und ihn rufen gehört. Sie gingen zusammen weiter. Zwei Tiermenschen kamen und spähten durchs Unterholz nach ihnen hin, und zwar mit so seltsamen Bewegungen und in einer derart verstohlenen Haltung, daß Montgomery erschrak. Er rief sie an, und sie flohen schuldbewußt. Er hörte auf, ihnen nachzurufen, und beschloß, nachdem er eine Zeitlang unentschlossen umhergewandert war, die Hütten des Tiervolks aufzusuchen.

Er fand die Schlucht verlassen.

Da er immer ängstlicher wurde, machte er sich auf den Heimweg. Da begegnete er den beiden Schweinemenschen, die ich am Abend meiner Ankunft hatte tanzen sehen; sie waren am Munde blutbefleckt und sehr erregt. Sie brachen prasselnd durch die Farne und standen mit wilden Gesichtern still, als sie ihn sahen. Er knallte etwas zaghaft mit der Peitsche nach ihnen, und alsbald stürzten sie auf ihn los. Nie zuvor hatte ein Tiermensch das gewagt. Einen schoß er durch den Kopf, auf den andern warf sich M'ling, und die beiden wälzten sich ringend auf dem Boden. M'ling überwältigte die Bestie, und Montgomery erschoß auch sie, während sie sich unter M'lings Griff wand. M'ling hatte ihr die Zähne in den Hals gegraben, und Montgomery hatte einige Mühe, ihn fortzureißen.

Dann eilten sie zu mir zurück. Unterwegs war M'ling plötzlich in ein Dickicht gestürzt und hatte einen stämmigen Panthermenschen herausgejagt, der gleichfalls blutbefleckt war und an einer Fußwunde lahmte. Diese Bestie war eine Strecke weit gelaufen und hatte sich dann gestellt; Montgomery erschoß auch sie — ich fand, ein wenig leichtfertig.

„Was soll das alles heißen?" fragte ich.

Montgomery schüttelte den Kopf und wandte sich von neuem dem Brandy zu.

18

MOREAUS AUFFINDUNG

Als Montgomery das dritte Glas Brandy hinunterstürzte, schritt ich ein. Er war schon mehr als halb betrunken. Ich sagte ihm, Moreau müsse mittlerweile etwas Ernstes passiert sein, sonst wäre er zurückgekehrt, und es wäre an der Zeit festzustellen, was ihm zugestoßen sei. Montgomery erhob einige schwache Einwände und stimmte mir schließlich bei. Wir aßen ein wenig, und dann brachen wir alle drei auf.

Vielleicht liegt es an dem Zustand der Spannung, in dem ich mich damals befand, aber noch jetzt ist jener Aufbruch in die heiße Stille des tropischen Nachmittags in meinem Gedächtnis merkwürdig lebendig. M'ling ging voran; seine Schultern hatte er hochgezogen, und sein unheimlicher schwarzer Rücken bewegte sich in raschen Zuckungen, wenn er stehenblieb und erst auf die eine und dann auf die andere Seite des Weges starrte. Er war unbewaffnet. Sein Beil hatte er verloren, als er und sein Herr den Schweinemenschen begegnet waren. Wenn es zum Kampf kam, waren die Zähne seine Waffen. Montgomery folgte mit stolpernden Schritten, die Hände in den

Taschen, das Gesicht gesenkt; er war betrunken, verdrossen und grollte mir, weil ich ihm den Brandy weggenommen hatte. Mein linker Arm lag in einer Binde — zum Glück mein linker — und ich trug meinen Revolver in der Rechten.

Wir folgten einem schmalen Pfad durch das dichte Unterholz und gingen nach Nordwesten. Und plötzlich blieb M'ling stehen; er schien vor Wachsamkeit erstarrt zu sein. Montgomery stolperte fast über ihn und blieb dann auch stehen. Wir hörten Stimmen zwischen den Bäumen und Schritte, die sich näherten.

„Er ist tot", sagte eine tiefe vibrierende Stimme.

„Er ist nicht tot, er ist nicht tot", schnatterte eine andere.

„Wir haben's gesehen, wir haben's gesehen", sagten mehrere Stimmen.

„Hallo!" rief Montgomery plötzlich. „Hallo da!"

„Zum Henker!" sagte ich und faßte meine Pistole fester.

Es folgte eine Stille, dann knackte es erst hier, dann dort in dem wirren Gestrüpp, und dann erschien ein halbes Dutzend Gesichter, unheimliche Gesichter, von einem unheimlichen Leuchten erhellt. M'ling gab ein knurrendes, kehliges Geräusch von sich. Ich erkannte den Affenmenschen — ich hatte auch seine Stimme schon erkannt — und zwei von den weißumwickelten, braungesichtigen Geschöpfen, die ich in Montgomerys Boot gesehen hatte. Bei ihnen waren die zwei scheckigen Bestien und das graue, schrecklich krumme Geschöpf, das das Gesetz vorsprach, mit den schweren grauen Augenbrauen und den grauen Locken, die ihm von einem Mittelscheitel aus auf die schräge Stirn niederhingen — ein schweres, gesichtsloses Wesen mit seltsamen roten Augen, das uns aus dem Grün her neugierig ansah.

Eine Zeitlang sprach niemand. Dann schluckte Montgomery: „Wer ... sagte, er sei tot?"

Der Affenmensch sah das haarige graue Wesen schuldbewußt an. „Er ist tot", erklärte dieses Ungeheuer. „Sie haben es gesehen."

Immerhin wirkten diese Tierwesen nicht bedrohlich. Sie schienen eher von Furcht gelähmt und verwirrt zu sein. „Wo ist er?" fragte Montgomery.

„Da hinten", zeigte das graue Ungeheuer.

„Gibt es noch ein Gesetz?" fragte der Affenmensch. „Soll noch immer dies und das bleiben? Ist er wirklich tot?" „Gibt es noch ein Gesetz?" wiederholte der in Weiß. „Gibt es ein Gesetz, du andrer mit der Peitsche? Er ist tot", sagte das haarige graue Wesen. Und sie standen alle da und beobachteten uns.

„Prendick", sagte Montgomery und richtete die stumpfen Augen auf mich. „Er ist tot — offenbar."

Ich war während dieses Gesprächs hinter ihm gestanden. Ich erkannte plötzlich, wie es nun um die Tiermenschen bestellt war. Ich trat plötzlich vor und erhob die Stimme: „Kinder des Gesetzes", sagte ich, „er ist *nicht* tot."

M'ling wandte seine scharfen Augen auf mich.

„Er hat seine Gestalt gewechselt — er hat den Leib gewechselt", fuhr ich fort. „Eine Zeitlang werdet ihr ihn nicht sehen. Er ist ... dort" — ich zeigte nach oben — „wo er euch beobachten kann. Ihr könnt ihn nicht sehen. Aber er kann euch sehen. Fürchtet das Gesetz."

Ich blickte sie offen an. Sie wichen zurück. „Er ist groß, er ist gut", sagte der Affenmensch und blickte furchtsam zwischen den dichten Bäumen nach oben.

„Und das andere Ding?" fragte ich.

„Das Ding, das blutete und schreiend und schluchzend lief — das ist auch tot", sagte das graue Wesen und sah mich an.

„Das ist gut", grunzte Montgomery.

„Der andere mit der Peitsche", begann das graue Wesen.

„Nun?" fragte ich.

„Sagte, er ist tot."

Aber Montgomery war noch nüchtern genug, um zu verstehen, warum ich Moreaus Tod leugnete. „Er ist nicht tot", sagte er langsam. „Absolut nicht tot. Nicht mehr tot als ich."

„Einige", erklärte ich, „haben das Gesetz gebrochen. Sie werden sterben. Einige sind gestorben. Zeigt uns jetzt, wo sein alter Leib liegt. Der Leib, den er wegwarf, weil er ihn nicht mehr nötig hatte."

„Hier geht der Weg, Mann, der ins Meer ging", sagte das graue Wesen.

Und unter der Führung dieser sechs Geschöpfe

marschierten wir durch die Wildnis der Farne und Lianen und Baumstämme nach Nordwesten. Dann ertönte ein Schreien und Krachen unter den Zweigen, und ein kleiner rosiger Homunculus stürzte kreischend vorbei. Unmittelbar dahinter erschien ein wildes Ungeheuer, blutbespritzt, in jäher Verfolgung begriffen, und es war fast bei uns, ehe es seinen Lauf hemmen konnte. Das graue Wesen sprang zur Seite; M'ling stürzte knurrend auf das Untier los und wurde beiseite geschleudert; Montgomery feuerte, fehlte, senkte den Kopf, warf die Arme hoch und wandte sich zur Flucht. Ich schoß ebenfalls, und die Bestie kam noch ein Stück vorwärts; ich feuerte noch einmal blindlings auf das häßliche Gesicht. Im Feuerstoß sah ich, wie das Leben aus den Zügen schwand. Das Gesicht war eingefallen. Trotzdem stürzte das Tier an mir vorbei, faßte Montgomery, hielt ihn, stürzte mit ihm vornüber und riß ihn zuckend mit sich — im Todeskampf.

Ich war mit M'ling, der toten Bestie und dem gestürzten Mann allein. Montgomery erhob sich langsam und starrte benebelt auf den zerschmetterten Tiermenschen neben ihm. Bei diesem Anblick wurde er beträchtlich nüchterner. Er rappelte sich auf. Dann sah ich das graue Wesen vorsichtig durch die Bäume zurückkehren.

„Sieh“, sagte ich und zeigte auf das tote Tier, „ist das Gesetz nicht lebendig? Das kommt vom Bruch des Gesetzes.“

Das graue Geschöpf blickte auf die Leiche. „Er

schickt das Feuer, das tötet“, sagte der Sprecher des Gesetzes mit seiner tiefen Stimme, einen Teil des Rituals wiederholend.

Die anderen sammelten sich ringsherum und starrten eine Zeitlang auf das tote Ungeheuer.

Schließlich näherten wir uns dem westlichen Ende der Insel. Wir fanden die benagte und verstümmelte Leiche des Puma, dessen Schulterblatt von einer Kugel zerschmettert war, und vielleicht zwanzig Meter weiter entdeckten wir endlich, was wir suchten. Moreau lag auf einem niedergetrampelten Rasenfleck mit dem Gesicht nach unten in einem Schilfgebüsch. Eine Hand war fast vom Handgelenk getrennt, das Silberhaar mit Blut bespritzt. Der Kopf war mit den Ketten des Puma eingeschlagen worden. Das geknickte Schilf unter ihm war mit Blut beschmiert. Seinen Revolver konnten wir nicht finden. Montgomery drehte den Leichnam um.

Mit der Hilfe von sieben Tiermenschen — denn er war ein schwerer Mann — trugen wir Moreau zur Ummauerung zurück. Von Zeit zu Zeit legten wir eine Rast ein. Die Nacht wurde dunkel. Zweimal hörten wir unsichtbare Geschöpfe heulend und kreischend an unserer kleinen Schar vorbeiziehen, und einmal erschien das kleine, rosige Faultiergeschöpf, starrte uns an und verschwand wieder. Aber wir wurden nicht mehr angegriffen. An den Toren der Ummauerung verließ uns unsere Gesellschaft vom Tiervolk — und M'ling ging mit den anderen. Wir schlossen uns ein und brachten dann Moreaus zerfleischten Leichnam in den Hof, wo wir ihn auf einen Haufen Buschholz legten.

Dann gingen wir ins Laboratorium und machten allem ein Ende, was wir dort noch lebend vorfanden.

19

MONTGOMERYS FEIERTAG

Als wir damit fertig waren und uns gewaschen hatten und gegessen, gingen Montgomery und ich in mein kleines Zimmer und besprachen zum erstenmal unsere Lage ernsthaft. Es war fast Mitternacht. Montgomery war beinahe nüchtern, aber sehr verstört. Er war merkwürdig stark unter dem Einfluß von Moreaus Persönlichkeit gestanden. Ich glaube nicht, daß er je daran gedacht hatte, Moreau könne sterben. Dieses Unheil bewirkte den plötzlichen Zusammenbruch aller Gewohnheiten, die in den zehn oder mehr monotonen Jahren seines Aufenthalts auf der Insel ein Teil seiner Natur geworden waren. Er redete zusammenhangloses Zeug, beantwortete meine Fragen verkehrt und schweifte zu allgemeinen Fragen ab.

„Diese alberne Welt", sagte er. „Was für ein Wirrwarr das alles ist! Ich habe überhaupt kein Leben gehabt. Ich möchte wissen, wann es endlich anfängt. Sechzehn Jahre von Kindermädchen und Schulmeistern nach Belieben eingeschüchtert, fünf Jahre hab' ich mich in London mit der Medizin abgeplagt — schlechtes Essen, schäbige Wohnung, schäbige Kleider, schäbige Laster — ein Schnitzer — ich wußte es nicht besser — und auf diese viehische Insel verjagt. Zehn Jahre hier! Wozu das alles, Prendick? Sind wir Seifenblasen, die ein kleines Kind bläst?"

Es war schwer, diesem irren Gerede beizukommen. „Woran wir jetzt zu denken haben", sagte ich, „ist, wie wir von dieser Insel fortkommen."

„Was nützt es, wenn ich fortkomme? Ich bin ein Ausgestoßener. Wo soll ich hin? Für *Sie* ist das alles ganz schön und gut, Prendick. Der arme alte Moreau! Wir können ihn nicht da liegen lassen... So, wie die Dinge stehen, werden sie ihm die Knochen abnagen... Und außerdem, was soll aus dem anständigen Teil des Tiervolks werden?"

„Nun", sagte ich, „lassen wir das für morgen. Ich habe gedacht, wir sollten das Buschholz zu einem Scheiterhaufen schichten und seine Leiche — und die anderen Dinge verbrennen... Was aber wird wirklich mit dem Tiervolk geschehen?"

„Ich weiß es nicht. Ich vermute, daß die, die aus Bestien gemacht sind, früher oder später alberne Esel aus sich machen werden. Wir können die Gesellschaft nicht schlachten. Oder? Das gibt Ihnen wohl *Ihre* Art von Menschlichkeit ein? Aber sie werden sich ändern. Sie ändern sich sicher."

Er redete in dieser Weise unzusammenhängend weiter, bis ich schließlich fühlte, wie mir die Geduld riß. „Himmel und Hölle!" rief er über solche Unverschämtheit. „Können Sie denn nicht einsehen, daß ich schlimmer dran bin als Sie?" Und er stand auf und holte den Brandy. „Trinken Sie“, sagte er, als er zurückkam. „Sie Logik hackender, kalkgesichtiger Heiliger von ’nem Atheisten, trinken Sie.“

„Nein“, sagte ich und beobachtete grimmig sein Gesicht unter dem gelben Paraffinlicht, als er sich in ein geschwätziges Elend trank. Ich erinnere mich, daß er mich entsetzlich anwiderte. Er ging zu einer rührseligen Verteidigung des Tiervolks und M’lings über. M’ling, sagte er, sei das einzige Wesen, das sich je etwas aus ihm gemacht habe. Und plötzlich kam ihm ein Gedanke.

„Ich laß’ mich hängen!“ sagte er, kam stolpernd auf die Füße und packte die Brandyflasche. Ich hatte eine plötzliche Intuition: Jetzt wußte ich, was er wollte. „Sie geben der Bestie nichts zu trinken!“ rief ich, stand auf und trat ihm entgegen.

„Bestie!“ sagte er. „Sie sind die Bestie. Er trinkt seinen Schnaps wie ein Christ. Gehen Sie mir aus dem Weg, Prendick!“

„Um Gottes willen“, sagte ich.

„Gehen Sie ... aus dem Weg!“ brüllte er und zog plötzlich den Revolver.

„Schön“, sagte ich und trat zur Seite. Ich hatte Lust, mich auf ihn zu stürzen, als er die Hand auf den Türgriff legte, aber der Gedanke an meinen gebrauchsunfähigen Arm hielt mich zurück. „Sie haben ’ne Bestie aus sich gemacht. Sie können zu den Bestien gehen.“

Er stieß die Tür auf und stand, mir halb zugewandt, teils im gelben Lampenlicht, teils im bleichen Glanz des Mondes; die Augenhöhlen unter den borstigen Augenbrauen waren wie schwarze Flecken. „Sie sind ein salbungsvoller Heuchler, Prendick, ein alberner Esel! Sie haben immer Angst und Einbildungen. Wir stehen auf des Messers Schneide. Ich bin entschlossen, mir morgen den Hals durchzuschneiden. Ich will heut' einen verdammt guten Feiertag halten."

Er wandte sich ab und ging ins Mondlicht hinaus. „M'ling", rief er; „M'ling, alter Freund!"

Drei dunkle Geschöpfe kamen im Silberlicht am Rand des fahlen Strandes heran, eines weißbandagiert, die beiden anderen schwarze Flecken, die ihm folgten. Sie standen still und starrten ins Dunkel. Dann sah ich M'lings krumme Schultern, als er um die Ecke des Hauses herumkam.

„Trinkt", rief Montgomery; „trinkt, ihr Bestien! Trinkt und seid Menschen. Verdammich, ich bin der gescheiteste! Das hat Moreau vergessen. Das ist die letzte Vollendung. Trinkt, sag' ich euch." Die Flasche in der Hand schwingend, lief er in einem schnellen Trab nach Westen, und M'ling lief zwischen ihm und den drei undeutlichen Gestalten, die folgten.

Ich trat an die Tür. Ich sah, wie Montgomery stehenblieb und M'ling eine Dosis des unvermischten Brandys gab, und die fünf Gestalten verschmolzen zu einem einzigen verschwommenen Fleck. „Singt", hörte ich Montgomery rufen: „singt alle zusammen: ‚Zum Henker mit dem alten Prendick!'... So ist's recht. Jetzt noch einmal: ‚Zum Henker mit dem alten Prendick.‘“

Die dunkle Gruppe zerfiel in fünf einzelne Gestalten, die langsam das Band des leuchtenden Strandes entlangtorkelten. Jeder heulte, wie es ihm behagte, kläffte Schimpf gegen mich oder machte allem Luft, was ihm der Brandy eingab.

Dann hörte ich Montgomerys ferne Stimme rufen: „Rechts herum!“ und sie verschwanden schreiend und heulend im schwarzen Dickicht der Bäume landeinwärts. Langsam, sehr langsam, wurde es wieder still. Der friedliche Glanz der Nacht war wiederhergestellt. Der Mond war jetzt über den Meridian hinüber und wanderte nach Westen. Er war voll und sehr hell und zog durch den leeren blauen Himmel. Der Schatten der Mauer lag mir, eine Elle breit und von tintiger Schwärze, zu Füßen. Das Meer im Osten war grau, dunkel und geheimnisvoll, und zwischen dem Meer und dem Schatten glitzerte und funkelte der graue Sand aus vulkanischem Glas und Kristallen, als bestünde er aus Diamanten. Hinter mir leuchtete die Paraffinlampe heiß und rot.

Dann schloß ich die Tür, versperrte sie und ging in den Hof, wo Moreau neben seinen letzten Opfern lag — neben den Hetzhunden und dem Lama und noch einigen elenden Bestien. Sein massiges Gesicht, ruhig selbst noch nach diesem furchtbaren Tode, starrte, die harten Augen geöffnet, zum toten weißen Mond hinauf. Ich setzte mich auf den Rand des Abflusses, und die Augen auf diesen gespenstischen Haufen von Licht und unheimlichen Schatten gerichtet, begann ich Pläne zu schmieden.

Am Morgen wollte ich einige Vorräte sammeln und sie in dem kleinen Boot verstauen, dann Feuer an den Scheiterhaufen legen und noch einmal in die Trostlosigkeit der See hinausziehen. Ich fühlte, daß es für Montgomery keine Hilfe gab; daß er eigentlich verwandt war mit diesem Tiervolk, unbrauchbar für die menschliche Gesellschaft. Ich weiß nicht, wie lange ich dort saß und plante. Es muß eine Stunde oder so gewesen sein. Dann wurde mein Grübeln durch Montgomerys Rückkehr unterbrochen. Ich hörte ein Schreien aus vielen Kehlen, einen Aufruhr triumphierender Rufe, der zum Strand hinunter zog — ein Heulen und Schreien und aufgeregtes Kreischen, das nahe am Rande des Wassers innezuhalten schien. Der Lärm schwoll an und klang ab; ich hörte schwere Schläge und das splitternde Krachen von Holz, aber das beunruhigte mich in diesem Moment noch nicht. Ein Gesang in schaurigen Dissonanzen erklang.

Meine Gedanken kehrten zu der geplanten Flucht zurück. Ich stand auf, holte die Lampe und ging in einen Schuppen, in dem ich ein paar Tonnen gesehen hatte. Dann interessierte mich der Inhalt einiger Zwiebackdosen, und ich öffnete eine. Aus dem Augenwinkel heraus sah ich plötzlich eine rote Gestalt und drehte mich scharf um.

Hinter mir lag der Hof, im Mondlicht lebhaft schwarz und weiß, und der Haufe von Buschholz und Scheiten, auf dem Moreau und seine verstümmelten Opfer übereinandergeschichtet waren. Sie schienen einander in einem letzten Racheringkampf gepackt zu haben. Moreaus Wunden klafften schwarz in die Nacht, und das Blut, das herabgetropft war, bildete schwarze Lachen auf dem Sande. Dann sah ich die Ursache des Phantoms: einen roten Schein, der über die Mauer gegenüber zog und tanzte. Ich deutete ihn falsch, meinte, es sei ein Widerschein von der flackernden Lampe, und wandte mich wieder den Vorräten zu. Ich stöberte herum, so gut es ein einarmiger Mensch vermag, fand dieses und jenes brauchbare Ding und legte alles für den morgigen Aufbruch beiseite. Ich konnte mich nur langsam bewegen, und die Zeit verstrich schnell. Bald erschien das erste Tageslicht.

Das Singen erstarb und wich einem Lärmen, das plötzlich zu einem Tumult wurde. Ich hörte Rufe: „Mehr, mehr!", dann klang es wie ein Streit, und dann ertönte ein wilder Schrei. Die Art der Geräusche änderte sich so, daß meine Aufmerksamkeit gefesselt wurde. Ich ging in den Hof hinaus und horchte. Dann folgte, messerscharf inmitten all der Verwirrung, der Knall eines Revolvers.

Ich stürzte sofort durch mein Zimmer an die kleine Tür. Dabei hörte ich einige der Kisten hinter mir niedergleiten und auf den Boden des Schuppens donnern. Glas klirrte. Aber ich kümmerte mich nicht darum. Ich stieß die Tür auf und blickte hinaus.

Oben am Strand, neben dem Bootshaus, brannte ein Feuer, das Funken in die ungewisse Dämmerung sandte. Darum herum drängte sich eine Masse schwarzer Gestalten. Ich hörte Montgomery meinen Namen rufen. Sofort lief ich mit dem Revolver in der Hand auf dieses Feuer zu. Ich sah den Feuerstoß aus Montgomerys Revolver noch einmal dicht am Boden. Montgomery war hingefallen. Ich rief mit all meiner Kraft und schoß in die Luft.

Ich hörte jemanden rufen: „Der Herr!" Der verworrene schwarze Haufe zerfiel, die einzelnen Gestalten stoben auseinander, das Feuer leuchtete auf und sank zusammen. Die Schar des Tiervolks floh in plötzlicher Panik vor mir den Strand hinauf. In meiner Aufregung feuerte ich auf ihre Rükken, als sie zwischen den Büschen verschwanden. Dann wandte ich mich zu der schwarzen Masse am Boden.

Montgomery lag auf dem Rücken, und der graue, haarige Tiermensch hockte über seiner Leiche. Die Bestie war tot, hielt aber noch Montgomerys Hals mit seinen krummen Klauen umklammert. Unmittelbar daneben lag M'ling ganz still auf seinem Gesicht; sein Nacken war durchgebissen, und er hielt den oberen Teil der zerschmetterten Brandyflasche in der Hand. Zwei weitere Gestalten lagen nah beim Feuer, die eine regungslos, die andere hob, stoßweise stöhnend, dann und wann langsam den Kopf und ließ ihn wieder fallen.

Ich packte den grauen Tiermenschen und zerrte

ihn von Montgomerys Körper herunter; seine Klauen ließen den zerrissenen Hals nur widerstrebend los.

Montgomery war schwarz im Gesicht und atmete kaum noch. Ich spritzte ihm Seewasser ins Antlitz und bettete seinen Kopf auf meinen ausgebreiteten Rock. M'ling war tot. Das verwundete Geschöpf am Feuer — es war ein Wolfmensch mit bärtigem, grauem Gesicht — lag, wie ich fand, mit dem Oberkörper auf dem noch glühenden Holz. Das elende Ding war so furchtbar verletzt, daß ich mich erbarmte und ihm eine Kugel gab. Das andere Tier war einer von den weißbandagierten Stiermenschen. Es war tot.

Das Feuer neben mir war zusammengesunken, und nur verkohlte Holzscheite glühten noch in der Mitte, gemischt mit der grauen Asche des Buschholzes. Ich fragte mich, woher Montgomery dieses Holz hatte. Dann sah ich, daß die Dämmerung angebrochen war. Der Himmel war heller geworden, der untergehende Mond erblaßte und stand glanzlos im leuchtenden Tagesblau. Der Himmel war im Osten rot umrändert.

Plötzlich hörte ich hinter mir einen dumpfen Knall und ein Zischen; ich sah mich um und sprang mit einem Schreckensschrei auf die Füße. Große wirbelnde Massen schwarzen Rauchs quollen aus der Ummauerung empor, und durch die sich drehenden, dunklen Qualmfetzen schossen flackernde Fäden blutroter Flammen. Dann fing das Strohdach Feuer. Ich sah, wie die Flammen das

Stroh erfaßten. Ein Feuerstrahl schnellte aus dem Fenster meines Zimmers hervor.

Ich wußte sofort, was geschehen war. Ich entsann mich des Krachs, den ich gehört hatte. Als ich Montgomery zu Hilfe geeilt war, hatte ich die Lampe umgestoßen.

Ich erkannte, wie aussichtslos es war, irgend etwas aus dem ummauerten Hof retten zu wollen. Mein Fluchtplan fiel mir wieder ein, und ich wandte mich rasch und blickte dahin, wo die beiden Boote auf dem Strande gelegen waren. Sie waren fort! Zwei Beile lagen neben mir im Sand, Splitter und Holzstücke waren rings verstreut, und die Asche des Feuers gloste rauchend in der Dämmerung. Montgomery hatte die Boote verbrannt, um sich an mir zu rächen und unsere Rückkehr zu den Menschen zu verhindern.

Ein plötzlicher Wutkrampf schüttelte mich. Am liebsten hätte ich ihm den Schädel eingeschlagen, wie er mir da hilflos zu Füßen lag. Dann bewegte sich plötzlich seine Hand — so schwach, so jämmerlich, daß meine Wut verschwand. Er stöhnte und öffnete einen Moment die Augen.

Ich kniete neben ihm nieder und hob seinen Kopf. Er starrte schweigend in die Dämmerung; dann begegnete sein Blick meinen Augen. Die Lider fielen. „Leid", sagte er dann mit Anstrengung. Es schien, als versuchte er zu denken. „Das letzte", murmelte er, „das letzte von dieser albernen Welt. Was für ein Wirrwarr..."

Ich horchte. Sein Kopf sank hilflos zur Seite.

Ich dachte, etwas Wasser könnte ihn beleben, aber es war kein Trinkwasser zur Hand. Er schien plötzlich schwerer zu werden. Mir wurde das Herz kalt.

Ich beugte mich nieder und steckte die Hand durch den Riß in seinem Hemd. Er war tot; und gerade, als er starb, tauchte der Rand der Sonne weißglühend im Osten über der Bucht auf, schleuderte Strahlen über den Himmel und verwandelte das dunkle Meer in einen wogenden Aufruhr blendenden Lichts. Wie eine Glorie umgaben die Strahlen das eingefallene Gesicht.

Ich ließ Montgomerys Kopf sanft auf das rohe Kissen gleiten, das ich für ihn gemacht hatte, und stand auf. Vor mir lag die glitzernde Öde des Meeres, die furchtbare Einsamkeit, unter der ich schon so viel gelitten hatte; hinter mir die Insel unter dem Sonnenaufgang — das Tiervolk blieb still und unsichtbar. Die Ummauerung brannte mit all ihren Vorräten und ihrer Munition lichterloh, plötzliche Flammenstrahlen schossen empor, ich hörte stoßweises Prasseln und hin und wieder einen Knall. Der schwere Rauch trieb den Strand hinauf von mir fort und wälzte sich dicht über den fernen Baumwipfeln zu den Hütten in der Schlucht. Neben mir lagen die verkohlten Reste der Boote und die fünf Leichen.

Dann kamen aus den Büschen drei Tiermenschen mit krummen Schultern, vorgeschobenen Köpfen, ungestalten, linkisch ausgestreckten Händen und forschenden, unfreundlichen Augen und traten mit zögernden Gesten auf mich zu.

20

ALLEIN MIT DEM TIERVOLK

Ich trat diesen Leuten — und zugleich mit ihnen meinem Schicksal — entgegen, einarmig, denn mein anderer Arm war ja gebrochen. In der Tasche hatte ich einen Revolver, den ich bereits zweimal abgefeuert hatte. Zwischen den Holzsplittern, die auf dem Strand verstreut waren, lagen die beiden Äxte, die man benutzt hatte, um die Boote zu zerschlagen. Hinter mir strömte langsam die Flut herein.

Nichts als Mut konnte mir helfen. Ich blickte den herankommenden Ungeheuern offen ins Gesicht. Sie mieden meine Augen, und ihre zitternden Nüstern witterten die Leichen, die hinter mir auf dem Strande lagen. Ich machte ein halbes Dutzend Schritte, hob die blutbefleckte Peitsche auf, die unter der Leiche des Wolfmenschen lag, und knallte damit.

Sie standen still und starrten mich an. „Grüßt", sagte ich. „Beugt euch!"

Sie zögerten. Einer fiel in die Knie. Ich wiederholte meinen Befehl, das Herz schlug mir im Hals, und ging auf sie zu. Noch einer kniete nieder, und dann auch die beiden anderen.

Ich ging zu den Leichen, hielt aber das Gesicht den drei knienden Tiermenschen zugewandt, wie ein Schauspieler, der die Bühne hinaufgeht und dabei das Publikum ansieht.

„Sie haben das Gesetz gebrochen", sagte ich und setzte den Fuß auf den Sprecher des Gesetzes. „Sie sind erschlagen worden. Selbst der Sprecher des Gesetzes. Selbst der andere mit der Peitsche. Groß ist das Gesetz! Kommt und seht."

„Keiner entkommt!" sagte einer der Tiermenschen, trat vor und glotzte.

„Keiner entkommt", wiederholte ich. „Also hört und tut, wie ich befehle." Sie standen auf und blickten sich gegenseitig fragend an.

„Kommt her", befahl ich.

Ich hob die Beile auf, drehte Montgomery um, nahm seinen Revolver, der noch mit zwei Patronen geladen war, beugte mich nieder, um die Taschen zu durchsuchen und fand noch ein halbes Dutzend Patronen.

„Nehmt ihn", sagte ich, stand auf und deutete mit der Peitsche; „nehmt ihn, tragt ihn hinaus, und werft ihn ins Meer."

Sie kamen heran, offenbar noch immer in Angst vor Montgomery, aber noch mehr in Angst vor meiner knallenden roten Peitsche, und nach einigem Zögern und Warten, einigem Peitschenknallen und Rufen hoben sie den Leichnam vorsichtig auf, trugen ihn zum Wasser hinunter und gingen platschend ins gleißende, wogende Meer. „Weiter", sagte ich, „weiter — tragt ihn weit!"

Sie gingen bis zu ihren Achselhöhlen ins Wasser, standen dann still und sahen mich an. „Laßt ihn los", sagte ich, und Montgomerys Leiche verschwand spritzend. Etwas in meiner Brust zog sich zusammen. „Gut!" sagte ich mit brüchiger Stimme, und sie kamen eilig und ängstlich zum Rande des Wassers zurück, lange schwarze Spuren im Silber zurücklassend. Am Strand blieben sie stehen, wandten sich um und starrten ins Meer, als erwarteten sie, daß Montgomery sich alsbald daraus erhebe und Rache fordere.

„Jetzt diese", sagte ich und zeigte auf die anderen Leichen.

Sie hüteten sich, der Stelle nahe zu kommen, wo sie Montgomery ins Wasser geworfen hatten: statt dessen trugen sie die toten Tiermenschen vielleicht hundert Meter weit schräg über den Strand, ehe sie hinauswateten und sie versenkten.

Als ich zusah, wie sie M'lings zerfleischte Reste aufluden, hörte ich hinter mir einen leichten Schritt, wandte mich schnell um und sah das große Hyänenschwein vielleicht ein Dutzend Meter von mir entfernt. Es hielt den Kopf gesenkt, die funkelnden Augen auf mich gerichtet, die steifen Hände geballt und eng an seine Seiten gepreßt. Es blieb in seiner geduckten Haltung stehen, als ich mich umdrehte, und wandte die Augen ein wenig ab.

Einen Moment standen wir Aug' in Auge. Ich ließ die Peitsche fallen und griff nach der Pistole in meiner Tasche. Denn ich gedachte diese Bestie — die furchtbarste von allen, die jetzt noch auf der

Insel waren — beim ersten Anlaß, der sich mir bot, zu töten. Es mag hinterhältig erscheinen, aber ich war dazu entschlossen. Ich hatte vor ihr viel mehr Angst als vor irgend welchen anderen vom Tiervolk. Ihr Leben, das wußte ich, war eine dauernde Bedrohung des meinen.

Ich brauchte ein paar Sekunden, bis ich mich gesammelt hatte. Dann rief ich: „Grüße! Beuge dich!"

Seine Zähne blitzten, und es knurrte mich an. „Wer bist du, daß ich..."

Vielleicht ein wenig zu krampfhaft zog ich meinen Revolver, zielte und feuerte rasch. Ich hörte das Tier aufschreien, sah es zur Seite laufen und sich wenden; da wußte ich, daß ich gefehlt hatte, und zog den Hahn zum zweiten Schuß mit dem Daumen zurück. Aber das Ungeheuer lief schon Hals über Kopf hakenschlagend davon, und ich wollte keinen zweiten Fehlschuß riskieren. Hin und wieder blickte es sich über die Schulter nach mir um. Es lief den Strand entlang und verschwand unter den treibenden Massen dichten Rauchs, die noch aus der brennenden Ummauerung strömten. Eine Zeitlang stand ich da und starrte ihm nach. Ich wandte mich wieder meinen drei gehorsamen Tiermenschen zu und gab ihnen ein Zeichen, die Leiche fallen zu lassen, die sie noch trugen. Dann ging ich zu der Stelle neben dem Feuer zurück, wo die Leichen gelegen waren, und bewarf sie so lange mit Sand, bis die braunen Blutflecken aufgesogen und verborgen waren.

Ich entließ meine drei Diener mit einer Handbewegung und ging den Strand hinauf ins Dickicht. Den Revolver trug ich in der Hand, die Peitsche mit den Beilen in meine Armbinde gehängt. Ich wollte allein sein, um die Lage zu überdenken, in der ich mich jetzt befand.

Etwas Furchtbares, das mir erst klarzuwerden begann, war, daß es jetzt auf der ganzen Insel keinen sicheren Ort mehr gab, wo ich allein sein und mich ausruhen und schlafen konnte. Ich hatte mich seit meiner Landung wieder erstaunlich gut erholt, aber ich neigte noch zu Nervosität und dazu, unter jeder großen Anstrengung zusammenzubrechen. Ich fühlte, ich hätte über die Insel gehen und mich beim Tiervolk niederlassen sollen, um mir so dessen Vertrauen zu sichern. Aber mir versagte das Herz. Ich ging an den Strand zurück, wandte mich nach Osten und wanderte zu einer Landzunge, von der aus eine schmale Düne aus Korallensand zum Riff hinaus verlief. Dort konnte ich mich hinsetzen und nachdenken, den Rücken zum Meer. Hier konnte ich nicht überrascht werden, und hier saß ich, das Kinn auf den Knien, die Sonne brannte mir auf den Kopf, die Angst in meinem Geiste wuchs, und ich überlegte, wie ich bis zur Stunde meiner Befreiung (wenn sie je anbrechen sollte) weiterleben könnte. Ich versuchte, die ganze Situation ruhig zu überblicken, aber es war unmöglich, die Sache ohne Aufregung zu betrachten.

Ich begann im Geist die Gründe von Montgomerys Verzweiflung Revue passieren zu lassen.

„Sie werden sich ändern", hatte er erklärt. „Sie werden sich sicher ändern." Und Moreau — was hatte Moreau gesagt? „Das zähe Tierfleisch ist stärker, wächst allmählich wieder nach..." Dann dachte ich wieder an das Hyänenschwein. Ich war überzeugt, daß die Bestie mich töten würde, wenn nicht ich sie tötete... Der Sprecher des Gesetzes war tot — um so schlimmer!... Sie wußten jetzt, daß wir mit den Peitschen erschlagen werden konnten, wie sie erschlagen wurden...

Spähten sie schon aus den grünen Massen der Farne und Palmen da drüben zu mir her? Lauerten sie, bis ich ihnen über den Weg lief? Verschworen sie sich gegen mich? Was hatte ihnen das Hyänenschwein gesagt? Meine Phantasie vergaloppierte sich in einem Morast grundloser Befürchtungen.

Meine Gedankengänge wurden durch den Schrei von Meeresvögeln gestört, die auf einen schwarzen Gegenstand zuflogen, der in der Nähe der Ummauerung auf dem Sand gestrandet war. Ich wußte, was für ein Gegenstand es war, aber mir fehlte der Mut, zurückzugehen und die Vögel zu vertreiben. Ich begann in der entgegengesetzten Richtung den Strand entlangzugehen, um so zu der östlichen Ecke der Insel zu gelangen und mich der Schlucht mit den Hütten zu nähern, ohne mich den Gefahren des Dickichts auszusetzen.

Nachdem ich etwa eine halbe Meile am Strand zurückgelegt hatte, sah ich, daß einer meiner drei Tiermenschen aus den Büschen auf mich zukam. Ich war von meinen Einbildungen so nervös, daß ich sofort meinen Revolver zog. Selbst die versöhnlichsten Gesten des Geschöpfes konnten mich nicht beruhigen.

Es zögerte, als es sich näherte. „Geh weg“, rief ich. Die kriechende Haltung des Geschöpfes erinnerte sehr an einen Hund. Es zog sich ein wenig zurück, ganz wie ein Hund, den man nach Hause schickt, stand still und sah mich mit braunen Hundeaugen flehend an. „Geh weg“, wiederholte ich. „Komm mir nicht nahe.“

„Darf ich dir nicht nahe kommen?“ fragte er.

„Nein. Geh weg“, beharrte ich und griff nach der Peitsche. Dann nahm ich die Peitsche zwischen die Zähne und bückte mich nach einem Stein, und damit vertrieb ich das Geschöpf.

So kam ich unbehelligt zur Schlucht des Tiervolks, versteckte mich zwischen dem Unkraut und dem Schilf, die diesen Spalt vom Meere trennten, und beobachtete die, welche erschienen. Ich versuchte, aus ihren Gesten und ihrer Erscheinung zu erkennen, wie Moreaus und Montgomerys Tod und die Zerstörung des Hauses des Schmerzes auf sie gewirkt hatte. Ich weiß jetzt, wie töricht meine Feigheit war. Wäre ich ebenso mutig gewesen wie am frühen Morgen, hätte ich Moreaus Zepter fassen und über das Tiervolk herrschen können. Aber ich versäumte die Gelegenheit und sank herab zur Stellung eines bloßen Führers unter meinesgleichen.

Gegen Mittag kamen einige Tiermenschen und hockten sich im Sand in die Sonne. Die gebieterischen Stimmen von Hunger und Durst siegten über meine Furcht. Ich kam aus den Büschen hervor und ging, den Revolver in der Hand, zu diesen sitzenden Gestalten hinunter. Eine, eine Wolfsfrau, wandte den Kopf und sah mich an; die anderen taten es ihr nach. Niemand versuchte aufzustehen und mich zu grüßen. Ich fühlte mich zu schwach und zu müde, um darauf zu bestehen, und ließ den Moment vorübergehen.

„Ich will etwas zu essen“, sagte ich beinahe entschuldigend, als ich näher kam.

„In den Hütten gibt es zu essen“, sagte ein Ochsenebermensch schläfrig und wandte seinen Blick von mir.

Ich ging an ihnen vorbei und in den Schatten der fast verlassenen Schlucht hinunter. Der widerliche Geruch schlug mir entgegen. In einer leeren Hütte aß ich einige Früchte, nachdem ich ein paar halbvermoderte Zweige und Ruten vor den Eingang gelehnt und mich mit dem Gesicht diesem zugewendet hatte; ich behielt den Revolver in der Hand, und da die Erschöpfung der letzten dreißig Stunden mich übermannte, überließ ich mich einem leichten Schlummer, denn ich vertraute darauf, daß die lockere Barrikade, die ich errichtet hatte, sofort zusammenbrechen und genug Geräusch verursachen würde, um mich vor einer Überrumpelung zu schützen.

21

DIE VERWILDERUNG DES TIERVOLKS

So wurde ich einer vom Tiervolk auf Dr. Moreaus Insel. Als ich erwachte, war es dunkel um mich. Der Arm schmerzte mich. Ich setzte mich auf und fragte mich zunächst, wo ich denn eigentlich war. Draußen hörte ich rauhe Stimmen. Dann sah ich, daß meine Barrikade fort und der Eingang zur Hütte frei war. Der Revolver lag noch in meiner Hand.

Ich hörte dicht neben mir etwas atmen und sah, daß da jemand kauerte. Ich hielt den Atem an und versuchte zu sehen, wer es war. Das Wesen begann sich langsam zu bewegen. Dann strich mir etwas Weiches und Warmes und Feuchtes über die Hand.

All meine Muskeln zogen sich zusammen. Ich riß meine Hand weg. Ein Schreckensschrei blieb mir in der Kehle stecken. Dann wurde mir gerade genügend klar, was geschehen war, so daß ich meine Finger am Revolver ruhen ließ.

„Wer ist da?" fragte ich mit heiserem Flüstern, den Revolver noch erhoben.

„Ich, Herr."

„Wer bist du?"

„Sie sagen, jetzt gibt es keinen Herrn mehr. Aber ich weiß, ich weiß. Ich trug die Leichen ins Meer, o Mann, der ins Meer ging, die Leichen derer, die du erschlagen hast. Ich bin dein Sklave, Herr."

„Bist du der, dem ich am Strande begegnet bin?" fragte ich.

„Eben der, Herr."

Das Geschöpf war offenbar treu und harmlos, denn es hätte mich im Schlaf überfallen können. „Es ist gut", sagte ich und hielt ihm die Hand zu einem weiteren leckenden Kuß hin. Ich wurde mir darüber klar, was seine Gegenwart bedeutete, und mein Mut flutete zurück. „Wo sind die anderen?" fragte ich.

„Sie sind wahnsinnig. Sie sind Narren", sagte der Hundemensch. „Eben jetzt reden sie da draußen. Sie sagen: der Herr ist tot; der andere mit der Peitsche ist tot. Der andere, der ins Meer ging, ist — wie wir sind. Wir haben keinen Herrn, keine Peitschen, kein Haus des Schmerzes mehr. Das ist zu Ende. Wir lieben das Gesetz und wollen es halten; aber nie wieder gibt es Schmerz, Herren oder Peitschen. So sagen sie. Aber ich weiß, Herr, ich weiß."

Ich tastete ins Dunkel und tätschelte dem Hundemenschen den Kopf. „Es ist gut", sagte ich noch einmal.

„Bald wirst du sie alle erschlagen", meinte der Hundemensch.

„Bald", antwortete ich, „werde ich sie alle erschlagen. Alle, außer denen, die du verschonst, alle sollen erschlagen werden."

„Was der Herr töten will, das tötet der Herr", sagte der Tiermensch mit einer gewissen Befriedigung in der Stimme.

„Und damit ihre Sünden wachsen", sagte ich, „laß sie in ihrer Torheit leben, bis ihre Zeit reif ist. Laß sie nicht wissen, daß ich der Herr bin."

„Des Herrn Wille ist lieblich", sagte der Hundemensch.

„Aber einer hat gesündigt", erklärte ich. „Ihn will ich töten, wo immer ich ihn finde. Wenn ich dir sage: *‚Das ist er'*, dann sieh zu, daß du auf ihn stürzt. — Und jetzt will ich zu den Männern und Frauen gehen, die versammelt sind."

Einen Moment wurde der Eingang der Hütte verdunkelt, als der Hundemensch hinausging. Dann folgte ich und stellte mich fast genau dort auf, wo ich gestanden war, als ich Moreau und seinen Hetzhund während meiner Verfolgung gehört hatte. Aber jetzt war es Nacht, und die ganze miasmatische Schlucht rings um mich war schwarz, und dahinter sah ich statt eines grünen, sonnenbeleuchteten Hangs ein rotes Feuer vor mir, vor dem sich groteske, bucklige Gestalten hin und her bewegten. Weiter hinten standen die dichten Bäume wie eine schwarze Mauer. Der Mond glitt gerade am Rand der Schlucht entlang, und wie eine Stange stieg vor seinem Gesicht die Rauchsäule empor, die ewig aus der Fumarole der Insel strömte.

„Geh neben mir“, sagte ich, während ich mich aufraffte, und Seite an Seite gingen wir den schmalen Pfad hinunter, ohne uns um die Wesen zu kümmern, die uns aus den Hütten heraus ansahen.

Keiner am Feuer erhob sich, um mich zu grüßen. Die meisten beachteten mich — ostentativ — nicht. Ich blickte mich nach dem Hyänenschwein um, aber es war nicht da. Es kauerten insgesamt vielleicht zwanzig Tiermenschen dort und starrten ins Feuer oder sprachen miteinander.

„Er ist tot, er ist tot, der Herr ist tot“, sagte die Stimme des Affenmenschen rechts von mir. „Das Haus des Schmerzes — es gibt kein Haus des Schmerzes mehr.“

„Er ist nicht tot“, sagte ich mit lauter Stimme. „Eben jetzt beobachtet er uns.“

Das erschreckte sie. Zwanzig Augenpaare blickten mich an.

„Das Haus des Schmerzes ist fort“, sagte ich. „Es wird wiederkommen. Den Herrn könnt ihr nicht sehen. Und doch horcht er euch eben jetzt zu.“

„Wahr, wahr!“ sagte der Hundemensch.

Die Tiermenschen wurden durch meine Sicherheit schwankend. Ein Tier kann wild und listig sein, aber um eine Lüge zu sagen, dazu gehört ein wirklicher Mensch. „Der Mann mit dem verbundenen Arm spricht ein seltsames Wort“, sagte einer vom Tiervolk.

„Ich sage euch, es ist so“, erklärte ich. „Der

Herr und das Haus des Schmerzes werden wiederkommen. Wehe dem, der das Gesetz bricht!“

Sie blickten einander neugierig an. Mit gespielter Gleichgültigkeit begann ich müßig mit meinem Beil auf den Boden vor mir zu schlagen. Ich merkte, wie sie nach den tiefen Schnitten sahen, die ich in den Rasen machte.

Dann erhob der Satyr einen Einwand; ich antwortete ihm, und dann warf eines der gefleckten Wesen etwas ein, und es entspann sich eine lebhafte Diskussion um das Feuer herum. Mit jedem Moment fühlte ich mich sicherer. Ich sprach jetzt weniger stockend, ohne die Aufregung, die mich anfangs gehemmt hatte. Im Verlauf von etwa einer Stunde hatte ich wirklich einige von den Tiermenschen von der Wahrheit meiner Behauptungen überzeugt und die meisten anderen dazu gebracht, an ihrer Ansicht zu zweifeln. Ich hielt die Augen offen, um meinen Feind, das Hyänenschwein, zu entdecken, aber es erschien nicht. Hin und wieder erschreckte mich eine verdächtige Bewegung, aber meine Zuversicht wuchs rasch. Als dann der Mond vom Zenit niederstieg, begann einer der Zuhörer nach dem anderen zu gähnen (und sie zeigten im Licht des sinkenden Feuers die seltsamsten Zähne), und einer nach dem anderen zogen sie sich in die Höhlen der Schlucht zurück. Und ich fürchtete die Stille und das Dunkel und ging mit ihnen, denn ich wußte, ich war bei mehreren von ihnen sicherer als bei einem allein.

So begann der längere Teil meines Aufenthalts

auf Doktor Moreaus Insel. Aber von dieser Nacht bis zum Schluß geschah, abgesehen von unzähligen, kleinen, unangenehmen Einzelheiten und von der Qual einer unaufhörlichen Unruhe, nur eines, was zu berichten ist. Also will ich nur von diesem entscheidenden Ereignis erzählen, das sich während der zehn Monate zutrug, die ich als Vertrauter dieser halbmenschlichen Bestien verlebte. Vieles haftet mir im Gedächtnis, was ich berichten könnte, Dinge, die zu vergessen ich freudig meine rechte Hand hergäbe. Rückblickend erscheint es mir seltsam, wie schnell ich mich an die Art dieser Wesen anpaßte und meine Zuversicht wiedergewann. Ich bekam natürlich meinen Streit, und ich könnte noch ein paar Zahnnarben herzeigen, aber die Tiermenschen hatten bald einen gesunden Respekt vor meiner Art, Steine zu werfen, und vor meinem Beil. Und mein Bernhardinerhundemensch war mir ein treuer Freund und leistete mir unschätzbare Dienste. Die Rangordnung der Tiermenschen gründete sich einfach auf die Fähigkeit, möglichst tiefe Wunden beizubringen. Ja, ich kann — ohne Eitelkeit, hoffe ich — sagen, daß ich unter ihnen so etwas wie eine hervorragende Stellung einnahm. Einer oder zwei von ihnen, die ich bei verschiedenen Streitigkeiten ziemlich arg zugerichtet hatte, trugen mir das nach, aber ihr Groll machte sich, meist hinter meinem Rücken und in sicherer Entfernung wegen meiner Geschosse, in Grimassen Luft.

Das Hyänenschwein mied mich, und ich war

stets auf der Hut vor ihm. Mein treuer Hundemensch haßte und fürchtete es intensiv. Ich glaube wirklich, daß das die Wurzel seiner Anhänglichkeit war. Mir war bald klar, daß jenes Ungeheuer Blut gekostet hatte wie der Leopardenmensch. Es bereitete sich ein Lager irgendwo im Walde und wurde zum Einzelgänger. Einmal versuchte ich, das Tiervolk zur Jagd darauf zu bewegen, aber mir fehlte die notwendige Autorität. Immer wieder versuchte ich, die Höhle des Hyänenschweins zu beschleichen und es unvermutet zu überfallen, aber stets war es auf der Hut, sah oder witterte mich und lief fort. Und es machte durch sein Lauern jeden Waldpfad für mich und meine Verbündeten gefährlich. Der Hundemensch wagte kaum, meine Seite zu verlassen.

Im ersten Monat war das Tiervolk so menschlich, daß ich für zwei oder drei Tierwesen außer meinem Hundefreund sogar freundschaftliche Duldung empfand. Das kleine, rosige Faultiergeschöpf entfaltete eine sonderbare Liebe zu mir und begann, mir überallhin zu folgen. Der Affenmensch jedoch plagte mich. Er nahm aufgrund seiner fünf Finger an, er sei meinesgleichen, und schnatterte ewig auf mich ein, schnatterte heillosen Unsinn. Eines an ihm unterhielt mich ein wenig. Er hatte eine phantastische Art, neue Worte zu bilden. Ich glaube, er stellte sich vor, sinnlose Namen herzuplappern sei gleichbedeutend mit richtigem Sprechen. Das nannte er: „große Dinge", zum Unterschied von „kleinen Dingen" — den vernünftigen

Alltagsinteressen des Lebens. Wenn ich einmal eine Bemerkung machte, die er nicht verstand, dann lobte er sie sehr, bat mich, sie noch einmal zu sagen, lernte sie auswendig und wiederholte sie — hier und dort mit einem verkehrten Wort — allen sanfteren vom Tiervolk. Was klar und verständlich war, verachtete er. Ich erfand ein paar sehr sonderbare „große Dinge" für seinen speziellen Gebrauch. Ich glaube jetzt, er war das albernste Geschöpf, das mir je begegnet ist; er hatte auf die wundervollste Art die verschiedensten Torheiten des Menschen entwickelt, ohne eine Spur von der natürlichen Narrheit eines Affen zu verlieren.

So ging es mir in den ersten Wochen meiner Einsamkeit unter diesen Bestien. In dieser Zeit achteten sie die vom Gesetz eingeführten Sitten und benahmen sich mit Anstand. Einmal fand ich wieder ein zerrissenes Kaninchen — das Hyänenschwein war der Täter, davon bin ich überzeugt —, aber das war alles. Erst gegen Mai merkte ich eine zunehmende Veränderung in ihrer Sprache und Haltung; ihre Aussprache wurde heiserer, und sie redeten auch nicht mehr so gerne. Das Schnattern meines Affenmenschen nahm an Umfang zu, wurde aber immer unverständlicher, immer affenartiger. Einige von den anderen schienen ihre Gewalt über die Sprache ganz zu verlieren, obgleich sie noch erfaßten, was ich ihnen sagte. Kann man sich vorstellen, wie die einst klare und genaue Sprache gleichsam ausgehöhlt wird, Gestalt und Klangwert verliert und wieder zu bloßen Schallmassen wird!

Auch der aufrechte Gang bereitete den Tiermenschen wachsende Schwierigkeit. Obgleich sie sich offenbar schämten, traf ich doch hin und wieder den einen oder anderen, wie er gerade auf den Zehen und Fingerspitzen lief und ganz außerstande war, sich wieder aufzurichten. Sie bewegten sich plumper, tranken schlürfend, aßen nagend, wurden mit jedem Tag gemeiner. Ich verstand besser denn je, was Moreau mit „zäher Tiernatur" gemeint hatte. Sie wurden wieder zu Tieren, und zwar sehr rasch.

Einige von ihnen — die Pioniere waren, wie ich mit einiger Überraschung bemerkte, lauter Weibchen — begannen den Anstand zu mißachten — zumeist absichtlich. Andere verstießen sogar öffentlich gegen die Institution der Monogamie. Die Tradition des Gesetzes verlor sichtbar an Kraft. Mein Hundemensch wurde unmerklich immer mehr wieder zum Hund; Tag für Tag wurde er stummer, behaarter. Ich merkte den Übergang vom beinahe menschlichen Gefährten an meiner Seite zum schnappenden Hund kaum. Da die Gleichgültigkeit und Desorganisation von Tag zu Tag zunahm, wurde die Schlucht mit ihren Wohnungen, die nie sehr sauber gewesen waren, so ekelhaft, daß ich sie verließ, über die Insel ging und mir mitten in den Ruinen von Moreaus Behausung aus Zweigen eine Hütte baute. Die Erinnerung an den Schmerz, fand ich, schützte den Ort am besten vor dem Tiervolk.

Es wäre unmöglich, jede Phase der Rückwandlung dieser Ungeheuer im einzelnen zu schildern; zu erzählen, wie sie Tag für Tag die Ähnlichkeit mit dem Menschen verloren; wie sie die Bandagen und Hüllen abwarfen und schließlich jeden Fetzen von Kleidung fallen ließen; wie sich das Haar auf ihren entblößten Gliedern auszubreiten begann; wie ihre Stirnen niedriger wurden und ihre Gesichter vortraten; wie mir die quasimenschliche Vertrautheit, die ich in den ersten Monaten meiner Einsamkeit gegenüber einigen von ihnen empfunden hatte, in der Erinnerung ein Greuel wurde.

Der Wandel war langsam und unvermeidlich. Für sie wie für mich kam er ohne bestimmten Anstoß. Ich bewegte mich noch immer ungefährdet unter ihnen, weil die Rückverwandlung in das Tierische so allmählich vor sich ging. Aber ich begann zu fürchten, daß der letzte, entscheidende Ruck nun bald kommen müsse. Mein Bernhardinermensch folgte mir zur Ummauerung, und seine Wachsamkeit ermöglichte es mir, zuzeiten beinahe in Frieden zu schlafen. Das kleine Faultierwesen wurde scheu und verließ mich, um noch einmal zu seinem natürlichen Leben unter den Baumzweigen zurückzukehren.

Natürlich entarteten diese Geschöpfe nicht zu solchen Tieren, wie der Leser sie in zoologischen Gärten gesehen hat — zu gewöhnlichen Bären, Wölfen, Tigern, Ochsen, Schweinen und Affen. Immer noch hatte ein jedes etwas Fremdartiges an sich; in jedem hatte Moreau ein oder mehrere

Tiere miteinander verschmolzen; eins war vielleicht hauptsächlich bärenartig, ein anderes katzenartig, ein drittes stierartig, aber jedes war mit anderen Geschöpfen vermischt — eine Art allgemeinen Tiertums drang aber durch die spezifischen Anlagen hindurch. Und die verschwindenden Fetzen des Menschlichen erschreckten mich immer noch hin und wieder, vielleicht ein momentanes Wiedererwachen der Sprache, eine unerwartete Behendigkeit der Vorderfüße, ein erbärmlicher Versuch, aufrecht zu gehen.

Auch ich muß seltsame Wandlungen durchgemacht haben. Die Kleider hingen als gelbe Fetzen an mir herab, durch deren Risse die wettergegerbte Haut leuchtete. Mein Haar wurde lang und verfilzte sich. Man sagt mir, meine Augen hätten noch immer einen seltsamen Glanz, seien wachsam und flink.

Zuerst verbrachte ich die Tagesstunden am südlichen Strand, wo ich nach einem Schiff ausschaute, auf ein Schiff hoffte und um ein Schiff betete. Ich rechnete darauf, die *Ipecacuanha* werde im Lauf des Jahres zurückkommen, aber sie kam nicht. Fünfmal sah ich Segel und dreimal Rauch, aber nie berührte ein Schiff die Insel. Ich hatte stets ein Feuer bereit, aber ohne Zweifel erklärte man es sich, sofern man es sah, immer mit dem vulkanischen Charakter der Insel.

Erst im September oder Oktober begann ich daran zu denken, ein Floß zu bauen. Mittlerweile war mein Arm geheilt, und meine beiden Hände waren wieder benützbar. Zuerst fand ich meine Hilflosigkeit entsetzlich. Ich hatte nie Zimmermannsarbeit oder dergleichen getan, und ich verbrachte Tag um Tag damit, Holz zu fällen und zusammenzubinden. Ich hatte keine Taue und fand nichts, womit ich Stricke hätte machen können; keins der zahlreichen Schlinggewächse war geschmeidig und stark genug, und all meine wissenschaftliche Bildung half mir nichts. Ich verbrachte mehr als zwei Wochen damit, unter den schwarzen Ruinen der Ummauerung und auf dem Strande, wo die Boote verbrannt worden waren, nach Nägeln und anderen kleinen Metallstücken zu suchen, die nützlich sein konnten. Hin und wieder beobachtete mich ein Tiergeschöpf und sprang davon, wenn ich es rief. Es kam eine Zeit der Gewitterstürme und heftigen Regen, die meine Arbeit sehr verzögerte — aber schließlich wurde mein Floß fertig.

Ich war entzückt davon. Aber mit einem Mangel an praktischem Sinn, der mir stets alles verdorben hat, hatte ich es eine Meile oder mehr vom Strand entfernt gebaut, und ehe ich es zum Wasser hinuntergeschleppt hatte, war das Ding in Stücke gefallen. Vielleicht ist es gut, daß es mir erspart blieb, es vom Stapel zu lassen. Aber damals war meine Verzweiflung über den Mißerfolg so groß, daß ich einige Tage einfach am Strande saß und aufs Wasser starrte und an den Tod dachte.

Aber ich wollte nicht sterben, und ein Zwischenfall warnte mich auf unmißverständliche Weise davor, die Tage so verstreichen zu lassen — denn jeder neue Tag erhöhte die Gefährlichkeit der Tiergeschöpfe. Ich lag im Schatten der Ummauerung und starrte aufs Meer hinaus, als ich erschrak, weil etwas Kaltes die Haut meiner Ferse berührte. Ich fuhr herum und sah, wie mir das kleine, rosige Faultiergeschöpf ins Gesicht blinzelte. Es hatte die Sprache und die Behendigkeit längst verloren, und das strähnige Haar des kleinen Tiers wurde von Tag zu Tag dichter, und seine steifen Klauen wuchsen schiefer. Es machte ein stöhnendes Geräusch, als es meine Aufmerksamkeit geweckt hatte, ging ein kleines Stück zu den Büschen hin und blickte zu mir zurück.

Zuerst verstand ich nicht, aber dann schien mir, als wolle es, ich sollte ihm folgen, und schließlich ging ich ihm langsam nach — denn der Tag war heiß. Als es die Bäume erreichte, kletterte es hinauf, denn unter den schwingenden Lianen konnte es besser wandern als auf dem Boden.

Und plötzlich stieß ich auf einem zertrampelten Rasenfleck auf eine furchtbare Gruppe. Mein Bernhardinergeschöpf lag tot auf dem Boden, und bei seiner Leiche kauerte das Hyänenschwein, riß mit mißgestalteten Klauen an dem zitternden Fleisch und nagte daran und knurrte vor Vergnügen. Als ich herankam, hob das Ungeheuer die flackernden Augen zu mir auf, seine Lippen traten bebend von den blutbefleckten Zähnen zurück, und es knurrte drohend. Es fürchtete sich nicht, noch schämte es sich; die letzte Spur menschlicher

Beimischung war verschwunden. Ich ging noch einen Schritt weiter, blieb stehen und zog meinen Revolver.

Die Bestie machte keine Anstalten zum Rückzug. Aber sie legte die Ohren zurück, ihr Haar sträubte sich, und der Leib krümmte sich zusammen. Ich zielte zwischen die Augen und feuerte. Im selben Moment sprang das Ungeheuer auf mich los, und ich wurde wie ein Kegel gefällt. Es griff mit seinen verkrüppelten Klauen nach mir und schlug mich ins Gesicht. Sein Sprung trug es über mich weg. Ich fiel unter seinem Hinterleib, aber zum Glück hatte ich es getroffen, und es war im Sprung verendet. Ich kroch unter der unsauberen Last hervor und stand zitternd auf und starrte die zuckende Leiche an. Diese Gefahr wenigstens war vorüber. Aber dies, das war mir klar, war nur der erste einer Reihe von Rückfällen, die kommen mußten.

Ich verbrannte beide Leichen auf einem Scheiterhaufen aus Buschholz. Jetzt freilich sah ich, daß mein Tod nur eine Frage der Zeit wäre, wenn ich die Insel nicht verließe. Die Bestien waren mittlerweile mit ein oder zwei Ausnahmen aus der Schlucht fortgezogen und hatten sich nach ihrem Geschmack in den Dickichten der Insel ein Lager gesucht. Nur wenige schweiften am Tage umher; die meisten schliefen, und einem Neuankömmling wäre die Insel verlassen erschienen; aber nachts erdröhnte die Luft häßlich von ihren Rufen und ihrem Geheul. Ich hatte fast Lust, ein Blutbad unter ihnen anzurichten — Fallen zu bauen oder mit meinem Messer gegen sie zu kämpfen. Hätte ich genug Patronen besessen, so hätte ich nicht gezögert, mit dem Töten zu beginnen. Jetzt konnten von den gefährlichen Fleischfressern kaum noch zwanzig übrig sein; die tapfersten von ihnen waren tot. Nach dem Tode dieses meines armen Hundes, meines letzten Freundes, nahm ich auch bis zu einem gewissen Grade die Gewohnheit an, am Tage zu schlafen, um nachts auf der Hut zu sein. Ich baute meine Höhle in den Mauern von Moreaus Haus so um, daß alles, was etwa einzudringen versuchte, beträchtlichen Lärm machen mußte. Die Geschöpfe hatten auch vergessen, wie man Feuer machte, und ihre Furcht davor zurückgewonnen. Ich versuchte noch einmal, diesmal beinahe leidenschaftlich, ein Floß für meine Flucht zusammenzuzimmern.

Ich stieß auf tausend Schwierigkeiten. Ich bin ein außerordentlich ungeschickter Mensch, aber schließlich gelang es mir doch, ein halbwegs solides Floß zusammenzubasteln, denn diesmal gab ich auf die Stärke acht. Das einzige unüberwindliche Hindernis war, daß ich kein Gefäß für Trinkwasser hatte. Ich hätte mich sogar in der Töpferei versucht, aber auf der Insel gab es keinen Ton. Ich ging grübelnd hin und her und versuchte mit aller Macht, diese letzte Schwierigkeit zu lösen. Bisweilen gab ich mich wilden Ausbrüchen der Wut hin und zerhackte und zersplitterte in meiner unerträglichen Gereiztheit irgendeinen unglücklichen Baum. Aber mir fiel nichts ein.

Und dann kam ein Tag, ein wundervoller Tag, den ich in Ekstase verbrachte. Ich sah ein Segel im Südwesten, das kleine Segel eines Schoners, und alsbald zündete ich einen großen Haufen von Buschholz an und stand in dessen Hitze und in der Hitze der Mittagssonne daneben und spähte nach dem Schiff. Den ganzen Tag lang beobachtete ich dieses Segel und aß und trank nichts, so daß mir der Kopf wirbelte; und die Tiere kamen und starrten mich an, und es war, als wunderten sie sich, und sie gingen wieder weg. Das Boot war noch fern, als die Nacht kam. Die ganze Nacht hindurch rackerte ich mich ab, um mein Feuer hell und hoch zu halten, und die Augen der Bestien leuchteten verwundert aus dem Dunkel. In der Morgendämmerung lag das Segel näher, und ich sah, daß es sich um das schmutzige Rahsegel eines kleinen Boots handelte. Meine Augen waren müde, und ich starrte und konnte ihnen nicht glauben. Zwei Menschen waren im Boot, der eine saß im Bug, der andere am Steuer. Aber das Boot segelte merkwürdig. Der Bug war nicht vor den Wind gestellt; es gierte hin und her und fiel ab.

Als der Tag heller wurde, winkte ich den Leuten mit dem letzten Fetzen meiner Jacke; aber sie beachteten mich nicht und saßen einander noch immer still gegenüber. Ich ging zum niedrigsten Punkt des niedrigen Vorgebirges und gestikulierte und rief. Es kam keine Antwort, und das Boot beharrte in seinem ziellosen Lauf und trieb langsam, sehr langsam in die Bucht. Plötzlich flog aus dem Boot ein großer weißer Vogel auf, und keiner der beiden Männer rührte sich oder beachtete ihn. Der Vogel kreiste herum und schwebte mit weit ausgebreiteten Flügeln über mich hin.

Da hörte ich auf zu rufen und setzte mich auf der Landzunge hin und stützte das Kinn in die Hände und starrte hinaus. Langsam, langsam trieb das Boot nach Westen vorbei. Ich wäre hinausgeschwommen, aber irgend etwas, eine kalte, unbestimmte Furcht hielt mich zurück. Nachmittags wurde der Kahn von der Flut hereingespült, und er blieb hundert Meter westlich von den Ruinen der Ummauerung liegen.

Die Männer darin waren tot, waren schon so lange tot, daß sie in Stücke fielen, als ich das Boot auf die Seite kippte und sie herauszerrte. Einer hatte einen Schopf roten Haars wie der Kapitän der *Ipecacuanha,* und auf dem Boden des Boots lag eine schmutzige weiße Mütze. Als ich bei dem Boot stand, kamen drei der Bestien aus den Büschen geschlichen und schnüffelten an mir herum. Mich überkam einer meiner Ekelanfälle. Ich stieß das kleine Boot den Strand hinunter und kletterte an Bord. Zwei von den Bestien waren Wolftiere, und sie kamen mit bebenden Nüstern und glitzernden Augen heran; die dritte war das furchtbare Mischwesen aus Bär und Bulle.

Als ich sie so herankommen sah, und sie einander anknurren hörte, befiel mich ein wahnsinniges Grauen. Ich wandte ihnen den Rücken zu, strich das Segel und begann aufs Meer hinaus zu paddeln. Ich konnte es nicht über mich bringen, zurückzublicken.

Aber ich blieb diese Nacht zwischen Riff und Insel liegen, und am nächsten Morgen steuerte ich die Mündung des Baches an und füllte das leere Faß an Bord mit Wasser. Dann sammelte ich mit meinem letzten Rest an Geduld einen Vorrat an Früchten und tötete mit meinen drei letzten Patronen zwei Kaninchen. Währenddessen hatte ich das Boot aus Furcht vor den Ungeheuern an einem Vorsprung des Riffs verankert.

22

DER MENSCH ALLEIN

Am Abend fuhr ich los und trieb mit einem leichten Wind aus Südwesten langsam und stetig aufs Meer hinaus, und die Insel wurde kleiner und kleiner, und die schlanke Feuersäule schrumpfte in der Hitze des Sonnenuntergangs zu einer immer dünner werdenden Linie zusammen. Der Ozean stieg rings um mich und verbarg jenen niedrigen, dunklen Fleck vor meinen Augen. Das Tageslicht, die Glorie der Sonne, strömte zögernd aus dem Himmel ab, wurde wie ein leuchtender Vorhang beiseite gezogen, und schließlich blickte ich in jenen blauen Abgrund der Unendlichkeit, den der Sonnenschein verbirgt, und sah die schwebenden Scharen der Sterne. Das Meer war still, der Himmel war still; ich war allein mit der Nacht und der Stille.

So trieb ich drei Tage lang, aß und trank sparsam, sann über alles nach, was mir begegnet war, und wünschte gar nicht sehr, wieder Menschen zu sehen. Ein einziger unsauberer Fetzen hing an mir herab, mein Haar war ein dichtes Gewirr. Ohne Zweifel hielten meine Finder mich für einen Wahnsinnigen. Es ist seltsam, aber ich empfand keinen

Wunsch, zu den Menschen zurückzukehren. Ich war nur froh, von der Scheußlichkeit der Inselungeheuer fort zu sein. Und am dritten Tage las mich eine Brigg auf, die von Apia nach San Francisco unterwegs war. Weder der Kapitän noch der Maat wollten meine Erzählung glauben, und sie meinten, Einsamkeit und Gefahr hätten mich wahnsinnig gemacht. Und aus Furcht, andere würden derselben Meinung sein, erzählte ich mein Abenteuer nicht weiter und sagte, ich erinnerte mich an nichts, was mir zwischen dem Untergang der *Lady Vain* und dem Zeitpunkt, an dem ich aufgefischt wurde, zugestoßen war.

Ich hatte mit äußerster Umsicht zu handeln, um mich vor dem Verdacht des Wahnsinns zu bewahren. Die Erinnerung an das Gesetz, an die beiden toten Seeleute, an die Hinterhalte des Dunkels, an die Leiche im Schilf verfolgte mich. Und so unnatürlich es scheint, mit meiner Rückkehr zu den Menschen verstärkten sich nicht Zuversicht und Sympathie, die ich erwartet hatte, sondern jene Ungewißheit und Furcht, die ich während meines Aufenthaltes auf der Insel erlebt hatte. Niemand wollte mir glauben, ich kam den Menschen beinahe so wunderlich vor, wie ich dem Tiervolk vorgekommen war. Ich habe vielleicht von der natürlichen Wildheit meiner Gesellschaft einiges angenommen.

Man sagt, die Angst sei eine Krankheit, und irgendwie kann ich bezeugen, daß nun seit mehreren Jahren eine rastlose Furcht in meinem Geiste wohnt, eine rastlose Furcht, wie sie etwa ein halbgezähmtes Löwenjunges fühlen mag. Meine Störung nahm die seltsamste Form an. Ich konnte nicht wirklich glauben, daß die Männer und Frauen, denen ich begegnete, nicht auch nur Angehörige eines anderen, noch erträglich menschlichen Tiervolks waren, Tiere, die ebenfalls alsbald zurückgleiten müßten, erst dieses tierische Zeichen zeigen würden und dann jenes. Aber ich habe meinen Fall einem sehr tüchtigen Menschen anvertraut, der auch Moreau gekannt hatte und meiner Geschichte halb zu glauben schien, einem Spezialisten für Geisteskrankheiten — und er hat mir gewaltig geholfen.

Obgleich ich nicht erwarte, daß mich das Grauen jener Insel jemals ganz verlassen wird, so liegt es doch meistens weit im Hintergrunde meines Geistes — als eine bloße ferne Wolke, eine Erinnerung an ein schwaches Mißtrauen; aber manchmal kommen Zeiten, da breitet sich die kleine Wolke aus und verdunkelt den ganzen Himmel. Dann sehe ich mich nach meinen Mitmenschen um. Und ich gehe in Furcht einher. Ich sehe scharfe und helle Gesichter, andere stumpf oder gefährlich und wieder andere unstet und unaufrichtig; keine, die die ruhige Herrschaft einer vernünftigen Seele verraten. Ich habe die Empfindung, als steige das Tier in ihnen empor, deutlicher als bei den Bewohnern der Insel. Ich weiß, daß dies eine Täuschung ist, daß diese Männer und Frauen um mich wirkliche Männer und Frauen sind, immer Männer und Frauen waren, vollständig vernünftige Wesen, voll von menschlichen Wünschen und zärtlicher Sorge, emanzipiert vom Instinkt und Sklaven keines phantastischen Gesetzes — ganz andere Wesen als das Tiervolk. Und doch schrecke ich vor ihnen zurück, vor ihren neugierigen Blicken, ihren Fragen und ihrer Hilfe; und ich sehne mich von ihnen fort und möchte allein sein.

Aus diesem Grunde lebe ich nahe am weitem, freien Unterland, und ich kann dorthin entfliehen, wenn diese Wolke über mir ist; und dann erscheint mir das Unterland unter dem windgepeitschten Himmel lieblich und frisch. Als ich in London lebte, war das Grauen nahezu unerträglich; ich konnte nicht von den Menschen fortkommen; ihre Stimmen drangen durch die Fenster; verschlossene Türen waren nur ein schwacher Schutz. Ich ging wohl auf die Straßen hinaus, um meine Täuschung zu bekämpfen, und herumschweifende Weiber miauten mir nach, Männer blickten mich verstohlen und mißtrauisch an, müde, blasse Arbeiter gingen hustend vorbei, mit stumpfen Augen und schnellen Schritten, wie verwundetes Wild, das schweißt, alte Leute, gebeugt und matt, zogen an mir vorbei und sprachen murmelnd mit sich selber, und ein zerlumpter Schwarm höhnender Kinder folgte auf nichts achtend hinterdrein. Dann floh ich in eine Kapelle, und selbst dort war mir so, als schwatze der Priester „Große Dinge", wie es der Affenmensch getan hatte; oder in eine Bibliothek, und dort schienen mir die gespannten Gesichter über den Büchern nur wie geduldige Geschöpfe, die auf Beute warteten. Besonders ekelhaft waren mir die leeren, ausdruckslosen Gesichter der Leute in Zügen und Omnibussen; sie schienen mir so wenig meine Mitgeschöpfe zu sein wie es Leichen wären, so daß ich nicht zu reisen wagte, wenn ich nicht sicher war, allein zu sein. Und sogar ich schien mir kein vernünftiges Wesen zu sein, sondern nur ein Tier, das von einer seltsamen Verwirrung in seinem Gehirn geplagt wird, so daß es wie ein von der Drehkrankheit befallenes Schaf allein wandern muß.

Diese Stimmung befällt mich jetzt aber — ich danke Gott — seltener. Ich habe mich aus dem Wirrwarr der Städte und Volksmengen zurückgezogen und verbringe meine Tage mit dem Lesen gelehrter Bücher — heller Fenster in diesem unserem Leben, erleuchtet von den glänzenden Seelen der Menschen. Ich sehe wenig Fremde und habe nur einen kleinen Haushalt. Meine Tage widme ich der Lektüre und chemischen Experimenten, und ich verbringe manche der klaren Nächte mit dem Studium der Astronomie. Bei der Betrachtung der glitzernden Scharen des Himmels habe ich das Gefühl — freilich weiß ich nicht wie und warum — unendlichen Friedens und Schutzes. Dort, meine ich, in den ungeheuren und ewigen Gesetzen des Stoffs, und nicht in den täglichen Sorgen und Sünden und Unruhen der Menschen, muß für das, was mehr als Tier in uns ist,

Trost und Hoffnung liegen. Ich hoffe — sonst könnte ich nicht leben. Und so endet meine Erzählung — in Hoffnung und Einsamkeit.

Edward Prendick

DER FRÜHE WELLS

von
Jorge Luis Borges

Harris erzählt, daß Oscar Wilde, nach Wells befragt, zur Antwort gab: „Ein wissenschaftlicher Jules Verne."

Der Ausspruch stammt von 1899; man erzählt, daß Wilde nicht so sehr daran dachte, Wells zu definieren oder ihn zu vernichten, als daß er einfach das Thema wechseln wollte. Heute sind H. G. Wells und Jules Verne unvereinbare Namen. Dieses Gefühl haben wir alle; trotzdem kann eine Untersuchung der verwickelten Ursachen, die hinter diesem Gefühl stehen, von einigem Nutzen sein.

Die augenfälligste dieser Ursachen ist technischer Art. Wells war (bevor er sich mit der Rolle des soziologischen Auguren beschied) ein großartiger Erzähler, ein Erbe der Raffungen Swifts und Edgar Allan Poes; Verne dagegen ein fleißiger und frohgemuter Tagelöhner. Verne schrieb für Menschen jeden Lebensalters. Es besteht ein weiterer Unterschied, den Wells selber einmal angedeutet hat: die Erfindungen Vernes bringen wahrscheinliche Dinge zur Sprache (ein Unterseeboot, ein Schiff, das größer ist als die Schiffe von 1872, die Entdeckung des Südpols, die sprechende Photographie, die Überquerung Afrikas in der Gondel eines Ballons, die Krater eines verloschenen Vulkans, die bis zum Mittelpunkt der Erde hinabführen); die Erfindungen von Wells sind bloße Möglichkeiten: ein unsichtbarer Mensch, eine Blume, die einen Menschen verschlingt, ein kristallenes Ei, das die Vorgänge auf dem Mars widerspiegelt, wenn nicht gar Unmöglichkeiten: ein Mensch, der aus der Zukunft mit einer künftigen Blume wiederkehrt, ein Mensch, der aus dem anderen Leben mit dem Herzen auf der rechten Seite wiederkommt, weil man ihn völlig umgedreht hat wie die Erscheinungen im Spiegel. Ich habe gelesen, daß Verne, verdutzt über die Freiheiten, die sich *Die ersten Menschen im Mond* herausnehmen, entrüstet ausgerufen haben soll: *„Il invente!“*

Die Gründe, die ich angeführt habe, scheinen mir stichhaltig; doch bieten sie keine Erklärung dafür, warum Wells dem Autor von *Hector Servadac* so himmelweit überlegen ist, wie Rosny, Lytton, Cyrano, Robert Paltock oder wer ihm sonst in seinen Methoden vorangegangen ist. Seine Themen, mögen sie auch noch so glücklich sein, reichen allein nicht aus, das Problem aufzuklären. Außer in sehr knapp gefaßten Büchern kann das Thema nie mehr sein als ein Vorwand oder ein Ausgangspunkt. Es ist wichtig für die Durchführung des Werks, aber nicht maßgebend für den

Lesegenuß. Das läßt sich in *allen* Gattungen feststellen; die besten Kriminalromane sind nicht die Romane mit dem besten Thema. (Wenn das Thema alles wäre, gäbe es nicht den *Don Quijote,* wäre Shaw künstlerisch weniger wertvoll als O'Neill.) Meiner Ansicht nach ist der hervorstechende Rang der ersten Romane von Wells — *Die Insel des Dr. Moreau* beispielsweise oder *Der Unsichtbare* — tiefer begründet. Nicht nur was hier erzählt wird, ist geistreich; schon die erzählten Vorgänge sind irgendwie sinnbildlich bezeichnend für das menschliche Schicksal überhaupt. Der heimgesuchte unsichtbare Mann, der gleichsam mit offenen Augen schlafen muß, weil seine Lider das Licht nicht abschirmen, ist unsere Einsamkeit und unsere Grauen; das Geheimkolleg sitzender Ungeheuer, die in der Finsternis, die sie umgibt, ihr Credo näseln, ist der Vatikan und ist Lhasa. Das dauerhafte Werk ist stets in seiner Wandlungsfähigkeit unendlich sinnträchtig; es ist alles für alle, wie der Apostel; es ist ein Spiegel, der die Gesichtszüge des Lesers wiedergibt, und ist zugleich eine Weltkarte. Auch muß es dies alles auf kaum faßbare und unaufdringliche Weise sein, sozusagen hinter dem Rücken des Autors; es muß so aussehen, als hätte dieser keine Ahnung von irgendwelchen symbolischen Hintergründen. Mit dieser klaräugigen Unschuld verfuhr Wells in seinen ersten phantastischen Exerzitien, die meiner Auffassung nach das Herrlichste in seinem herrlichen Werk sind.

Die Kritiker, die behaupten, daß die Kunst keine Lehren verbreiten dürfe, verstehen darunter in der Regel jede Lehre, die ihrer eigenen konträr ist. Bei mir ist dies gewiß nicht der Fall: ich begrüße dankbar nahezu alle Lehren von Wells und bekenne mich zu ihnen; ich beklage nur, daß er sie in seine Erzählungen eingeschaltet hat. Als standhafter Erbe der britannischen Nominalisten tadelt Wells die üble Angewohnheit, daß wir von der Hartnäckigkeit „Englands" sprechen und von den Machenschaften „Preußens"; die Argumente, die er gegen diese verderbliche Mythologie ins Feld führt, lassen meiner Ansicht nach nichts zu wünschen übrig; dagegen bemängele ich den Umstand, daß er sie in die Geschichte von dem Traum Herrn Purhams eingeschoben hat. Solange ein Autor sich darauf beschränkt, Vorfälle zu berichten oder die kaum wahrnehmbaren Kurven eines Bewußtseins nachzufahren, können wir ihm Allwissenheit zutrauen, können wir ihn mit dem Universum oder mit Gott verwechseln; sobald er anfängt zu räsonnieren, wissen wir, daß er sich irren kann. Die Wirklichkeit nimmt ihren Fortgang durch Tatsachen, nicht durch rationale Überlegungen; wir lassen uns von Gott die Behauptung gefallen „Ich bin, der ich bin" (*Exodus* 3, 14), nicht jedoch die Erklärung und die Analyse Hegels und Anselms, das „argumentum ontologicum". Gott darf nicht theologisieren; der Schriftsteller darf nicht mit menschlichen Begründungen den Augenblicksglauben entkräften, den die Kunst von uns erheischt. Ein weiteres Motiv ist zu nennen: der Autor, der einer Figur seines Romans mit Abneigung begegnet, erweckt den Anschein, als vermöchte er diese nicht ganz zu verstehen, gibt anscheinend zu, daß diese Figur für ihn nicht unumgänglich ist. Wir fangen an, seiner Intelligenz zu mißtrauen, als mißtrauten wir der Intelligenz eines Gottes, dem die Herrschaft über die Himmelssphären und Höllenkreise verliehen ist. Gott, schrieb Spinoza (*Etica* 5, 17), verabscheut niemanden und liebt niemanden.

Wie Quevedo, wie Voltaire, wie Goethe, wie irgendeiner, den ich nennen könnte, ist Wells nicht so sehr ein Literat als eine Literatur. Er hat geschwätzige Bücher geschrieben, in denen etwas von dem riesenhaften Lebensglück von Charles Dickens wieder aufsteigt; er hat soziologische Parabeln in Fülle ausgestreut, hat Enzyklopädien aufgetürmt, hat die Möglichkeiten des Romans erweitert, hat für unsere Zeit das Buch Hiob — diese große hebräische Imitation des platonischen Dialogs — neu geschrieben, hat ohne Überheblichkeit und ohne Selbstverringerung eine äußerst ansprechende Autobiographie verfaßt, hat den Nazismus, den Kommunismus und das Christentum bekämpft, hat eine (vornehme und tödliche) Polemik gegen Belloc geführt, hat die Geschichte der Vergangenheit und der Zukunft geschrieben, hat wirkliche und imaginäre Lebensläufe dargestellt. Nichts bereitet mir in der ausgedehnten und vielseitigen Bücherei, die er uns hinterlassen hat, solchen Genuß wie seine schaurigen Wunderberichte: *Die Zeitmaschine, Die Insel des Dr. Moreau, The Plattner Story, Die ersten Menschen im Mond.* Es sind die ersten Bücher, die ich gelesen habe; wohl möglich, daß es auch die letzten sein werden... Ich meine, sie sollten wie die Theseussage oder wie die Ahasvergeschichte in das allgemeine Gedächtnis der Gattung eingehen und sich in ihrem Lebensraum vervielfältigen, weit hinaus über den Ruhm dessen, der sie schrieb, weit über den Tod der Sprache, in der sie geschrieben wurde, hinaus.